RÉPERTOIRE GÉNÉRAL

DU

THEATRE FRANÇAIS.

ÉDITION STÉRÉOTYPE

D'APRÈS LE PROCÉDÉ D'HERHAN.

PARIS,

H. NICOLLE, A LA LIBRAIRIE STÉRÉOTYPE,

rue de Seine, n.° 12.

M DCCC XVIII.

RÉPERTOIRE GÉNÉRAL

D U

THÉATRE FRANÇAIS.

TOME 38.

DE L'IMPRIMERIE D'A. EGRON.

RÉPERTOIRE GÉNÉRAL

DU

THEATRE FRANÇAIS,

COMPOSÉ

DES TRAGEDIES, COMEDIES ET DRAMES

DES AUTEURS DU PREMIER ET DU SECOND ORDRE,

Restés au Théâtre Français;

AVEC UNE TABLE GÉNÉRALE.

THÉATRE DU SECOND ORDRE.

COMÉDIES EN VERS. — TOME IV.

PARIS,

H. NICOLLE, A LA LIBRAIRIE STÉRÉOTYPE,
rue de Seine, n.° 12.

M DCCC XVIII.

L'ANDRIENNE,

COMÉDIE,

PAR BARON,

Représentée, pour la première fois, le 16 novembre
1703.

PERSONNAGES.

SIMON, père de Pamphile.

PAMPHILE, fils de Simon, et amant de Glicérie.

CHRÉMÈS, père de Glicérie et de Philumène.

CARIN, amant de Philumène.

CRITON, de l'île d'Andros.

SOSIE, affranchi de Simon.

DAVE, esclave de Pamphile.

BYRRHIE, esclave de Carin.

DROMON, esclave de Simon.

GLICÉRIE, fille de Chrémès.

MISIS, servante de Glicérie.

ARQUILLIS, autre servante de Glicérie.

Plusieurs valets qui reviennent du marché avec Simon.

La scène est dans une place publique d'Athènes.

L'ANDRIENNE,

COMÉDIE.

ACTE PREMIER.

SCÈNE I.

SIMON, SOSIE, PLUSIEURS VALETS, *portant des*
provisions.

SIMON, *aux valets.*

Emportez tout cela dans la maison ; allez,
(Les valets entrent chez Simon.)

SCÈNE II.

SIMON, SOSIE.

SIMON, *voyant que Sosie veut aussi rentrer.*
Sosie, un mot.

SOSIE.

Je sais tout ce que vous voulez.
C'est d'avoir soin de tout ? Il n'est pas nécessaire
De me recommander...

SIMON, *l'interrompant.*

Non, c'est une autre affaire.

SOSIE.

Dites-moi donc en quoi mon adresse et mon soin...

SIMON, *l'interrompant.*

Je n'ai de ton adresse aucunement besoin.
Il suffit, pour servir utilement ton maître,
De ces deux qualités qu'avec toi j'ai vu naître :
C'est la fidélité, le secret.

SOSIE.

Je n'attends...

SIMON, *l'interrompant.*

Je t'ai toujours connu sage dans tous les temps.
Je t'achetai, Sosie, en l'âge le plus tendre,
Et j'eus de toi des soins qu'on ne sauroit comprendre.
J'élevai ta jeunesse, et tu connus en moi
Combien la servitude étoit douce pour toi.
Tu t'attiras d'abord toute ma confiance ;
Et tu m'en témoignas tant de reconnoissance
Qu'enfin je t'affranchis, et par ta liberté
Récompensai ton zèle et ta fidélité.

SOSIE.

D'un si rare bienfait mon cœur n'a pu se taire.

SIMON.

Je le ferois encor, si j'avois à le faire.

SOSIE.

Je me tiens fort heureux, si j'ai fait, si je fais
Quelque chose qui soit au gré de vos souhaits :
Mais pourquoi, s'il vous plaît, rappeler cette histoire ?
Croyez-vous que jamais j'en perde la mémoire ?
Ce récit d'un bienfait que j'ai tant publié,
Semble me reprocher que je l'aie oublié.
Pourquoi tant de détours ? Pardonnez-moi, si j'ose..

SIMON, *l'interrompant.*

Je commencerai donc ; et la première chose

Dont je veux que par moi tu sois d'abord instruit,
C'est que le bruit qui court ici n'est qu'un faux bruit:
Ces noces, ce festin, véritables chimères,
Dont les préparatifs ne sont qu'imaginaires.

SOSIE.

Pourquoi donc?... Excusez ma curiosité.

SIMON.

Suis-moi, tu perceras dans cette obscurité.
Quand je t'aurai fait voir mon dessein, ma conduite,
En quoi tu me seras utile, dans la suite,
D'un stratagème adroit tu connoîtras le fruit:
Tu connoîtras mon fils, ses mœurs; et ce qui suit
Te va donner du fait entière connoissance.
Mais surtout ne perds pas la moindre circonstance.
Mon fils donc, qui pour lors avoit près de vingt ans,
Plus libre, commençoit à voir les jeunes gens.
Je passe son enfance, où retenu, peut-être,
Par le respect d'un père et la crainte d'un maître,
L'on n'a pu discerner ses inclinations.

SOSIE.

C'est bien dit.

SIMON.

      Je bannis toutes préventions.
Ce temps où ses pareils ont pour l'académie,
Pour la chasse, le jeu, les bals, la comédie,
De ces empressements qu'on ne peut exprimer,
Ne fit rien voir en lui que l'on dût réprimer.
Il prenoit ces plaisirs avec poids et mesure.
Je m'en applaudissois.

SOSIE

      Non à tort, je vous jure.

Ce proverbe, monsieur, sera de tous les temps:
« Rien de trop. » Il instruit les petits et les grands.

SIMON.

De la sorte il passoit cet âge difficile,
Ne préférant jamais l'agréable à l'utile.
A servir ses amis il s'offroit de grand cœur,
Pourvu qu'il crût pouvoir le faire avec honneur.
Il avoit à leur plaire une douce habitude :
Aussi de ses désirs ils faisoient leur étude.
Ainsi donc, sans envie, il attiroit à lui
La jeunesse sensée, et si rare aujourd'hui.

SOSIE.

On appelle cela marcher avec sagesse.
A son âge savoir que la vérité blesse,
Et que la complaisance attire des amis,
C'est d'un excellent père être le digne fils.

SIMON.

Environ vers ce temps une femme andrienne
Vint prendre une maison assez près de la mienne.
Sans parents, sans amis, peu riche ; c'est ainsi
Qu'elle parût d'Andros pour s'établir ici.
Elle étoit encor jeune et passablement belle.

SOSIE.

L'Andrienne commence à me mettre en cervelle.

SIMON.

Vivant pour lors sans bien et sans ambition,
Coudre et filer faisoit son occupation.
Le travail de ses mains, de son fil, de sa laine,
A ses besoins pressants ne suffisoit qu'à peine.
On publioit partout sa vertu, sa pudeur :
Tout ce qu'on m'en disoit me perçoit jusqu'au cœur;

Et je cherchois déja comment je pourrois faire
Pour soulager, sous main, l'excès de sa misère.
Mais sitôt qu'à ses yeux brillèrent les amants,
Elle ne garda plus tant de ménagements.
Comme l'esprit, toujours ennemi de la peine,
Se porte du travail où le plaisir le mène,
Elle donna chez elle à jouer nuit et jour.
Parmi les jeunes gens qui lui faisoient la cour,
Ceux qui pour la servir montroient le plus de zèle
Obligèrent mon fils à l'aller voir chez elle.
Sitôt que je le sus, en moi-même je dis :
Pour le coup, c'en est fait ; on le tient : il est pris.
J'attendois le matin leurs valets au passage,
Qui, tour-à-tour, rôdoient dans tout le voisinage.
J'en appelois quelqu'un. Je lui disois : Mon fils,
Nomme-moi tous les gens qui sont avec Chrysis.
Chrysis est proprement le nom de l'héroïne.

SOSIE.

Ah ! je n'entends que trop ! je fais plus ; je devine.

SIMON.

Je ne me souviens plus, moi-même, où j'en étois.

SOSIE.

Vous appeliez....

SIMON, *l'interrompant.*

J'y suis. Je priois, promettois.
Phèdre, me disoit l'un, Nicérate, Clinie,
Ces jeunes gens, tous trois, l'aimoient plus que leur vie.
Et Pamphile ? Pamphile, assis près d'un grand feu,
Par complaisance attend qu'on ait fini le jeu.
Je m'en réjouissois. Les jours suivants sans cesse
Je revenois vers eux et leur faisois largesse,

Pour savoir comme en tout mon fils se conduisoit.
Je n'eusse osé penser le bien qu'on m'en disoit.
Plusieurs fois, éprouvé de la même manière,
Je crus pouvoir en lui prendre assurance entière ;
Car celui qui s'expose et qui revient vainqueur
Gagne la confiance et s'attire le cœur.
D'ailleurs, de tous côtés, je dis le plus farouche,
N'osoit sans le louer même en ouvrir la bouche :
D'une commune voix j'entendois mes amis
Qui me félicitoient d'avoir un si bon fils.
Que te dirois-je, enfin ? Chrémès, rempli de zèle,
Me vient offrir sa fille et son bien avec elle ;
Pour épouser mon fils, au moins, cela s'entend.
J'approuve, je promets, et ce jour-ci se prend.

SOSIE.

A leur bonheur commun quel obstacle s'oppose ?

SIMON.

Patience : un moment t'instruira de la chose.
Lorsque Chrémès et moi nous mettions tout d'accord,
De Chrysis, tout à coup, nous apprenons la mort.

SOSIE.

Où qu'elle soit, monsieur, pour dieu, qu'elle s'y tienne !
Je n'ai jamais rien craint tant que cette Andrienne.

SIMON.

Mon fils, qui la plaignoit dans son malheureux sort,
Ne l'abandonnoit pas, même depuis sa mort ;
Et tout se disposoit pour la cérémonie
De ces tristes devoirs qu'on rend après la vie.
Plus attentif alors, je l'examinois mieux.
J'aperçus qu'il tomboit des larmes de ses yeux.
Je trouvois cela bon, et disois en mon âme :
Il pleure, et ne connoît qu'à peine cette femme,

S'il l'aimoit, qu'eût-il fait en un pareil malheur?
Et si je mourois, moi, que feroit sa douleur?
Je prenois tout cela pour la marque infaillible
De la bonté d'un cœur délicat et sensible.
Mais, pour trancher enfin d'inutiles discours,
On emporte le corps : il y vole ; j'y cours.
Je me mets dans la foule ; et le tout pour lui plaire.
Je ne soupçonnois rien encor dans cette affaire.

SOSIE.

Comment! que dites-vous?

SIMON.

Attends ; tu le sauras.
Nous allions, nous suivions, nous marchions pas à pas.
Plusieurs femmes pleuroient, mais surtout une blonde
Me parut....

SOSIE, *l'interrompant.*

Belle?... Hein?

SIMON.

La plus belle du monde,
Mais dont la modestie égaloit la beauté ;
Et tant de grâce jointe à tant d'honnêteté,
La mettoit au-dessus de tout ce qu'on admire.
Poussé par un motif que j'aurois peine à dire,
Soit qu'elle m'eût touché par son affliction,
Ou qu'elle eût sur mon cœur fait quelque impression,
Je voulus la connoître ; et dans l'instant j'appelle
Doucement le valet qui marchoit après elle :
Quelle est cette beauté, mon ami, que tu suis?
Lui dis-je. Il me répond : c'est la sœur de Chrysis.
L'esprit frappé, surpris, et le cœur en alarmes :
« Ah ! ah ! dis-je, voici la source de ses larmes...
« Voilà donc le sujet de sa compassion ! »

SOSIE.

Je crains que tout ceci n'amène rien de bon.

SIMON.

On arrive au tombeau. Là, selon la coutume,
Le corps sur le bûcher se brûle, se consume.
Cette sœur de Chrysis, dans ces tristes moments,
Faisant retentir l'air de ses gémissements,
Se jetant sur ce corps que la flamme dévore,
Pour la dernière fois veut l'embrasser encore.
Pamphile, pénétré des plus sensibles coups,
S'avance, presse, accourt, se fait jour parmi nous,
Et de ses feux cachés découvrant le mystère,
L'arrête ; et, tout rempli d'amour et de colère,
« Ma chère Glicérie, hélas ! dit-il, hélas !
« Mourons ensemble, au moins !... » Elle tombe en ses bras.
Leurs yeux se rencontrant nous firent trop entendre
Qu'ils s'aimoient, dès long-temps, de l'amour le plus tendre.

SOSIE.

Que me dites-vous là ?

SIMON.

Je retourne au logis,
Dans le fond de mon cœur pestant contre mon fils,
Et n'osant pourtant point lui montrer ma colère ;
Car il n'eût pas manqué de me dire : « Mon père,
« Quel mal ai-je donc fait ? Quel crime ai-je commis ?
« J'ai donné du secours à la sœur de Chrysis ;
« Dans la flamme elle tombe, et ma main l'en retire. »
Tu vois bien qu'à cela je n'aurois rien à dire.

SOSIE.

C'est savoir à propos domter sa passion.
Le quereller après une telle action !
Après un mauvais coup que pourroit-il attendre ?

SIMON.

Chrémès ne voulant plus de mon fils pour son gendre,
Vint dès le lendemain pour me le déclarer,
Ajoutant qu'on n'eût pu jamais se figurer
Que mon fils, sans égard, sans respect pour son père,
Vécût, comme il faisoit, avec cette étrangère.
Moi, de nier le fait, lui, de le soutenir.
Je m'emporte... Mais lui, ne cherchant qu'à finir,
J'eus beau lui rappeler sa promesse et la mienne,
Il me rend ma parole et retire la sienne.

SOSIE.

A Pamphile aussitôt vous fîtes la leçon?

SIMON.

La réprimande encor n'étoit pas de saison.

SOSIE.

Comment?

SIMON.

Il m'auroit dit, comme je m'imagine:
« Mon père, en attendant le choix qu'on me destine,
« Et pour lequel enfin je vois tout disposer,
« Prêt à subir le joug que l'on va m'imposer,
« Dans le reste du temps, qui ne durera guère,
« Qu'il me soit libre, au moins, de vivre à ma manière. »

SOSIE.

Quel lieu donc aurez-vous de le réprimander?

SIMON.

Le refus ou l'aveu me fera décider.
S'il recule ou s'oppose à ce feint mariage,
Tu m'entendras pour lors prendre un autre langage:
D'un ridicule amour, par lui-même éclairci,
Je lui montrerai bien si l'on doit vivre ainsi...

Mais suffit. A l'égard de ce maraud de Dave,
Qui depuis si long-temps et me joue et me brave,
Et qui, pour me tromper, fait agir cent ressorts,
Il fera pour mon fils d'inutiles efforts.
A me fourber aussi le traître veut l'instruire,
Et songe à le servir beaucoup moins qu'à me nuire.

SOSIE.

Eh! pourquoi donc cela?

SIMON.

                    Quoi! tu ne le sais pas.
Ah! c'est un scélérat qui ne peut faire un pas...
Mais baste!... Si j'apprends qu'en cette conjoncture
Le fourbe contre moi prenne quelque mesure,
Tu verras... Souhaitons seulement que mon fils
Soit à mes volontés aveuglément soumis,
Qu'il ne me reste plus qu'à renouer l'affaire.
Pour adoucir Chrémès je sais ce qu'il faut faire.
Ce que je veux de toi, c'est de persuader
Que l'hymen de mon fils ne se peut retarder;
D'appuyer ce mensonge, et jurer sur ta tête
Que ce jour-ci, ce jour est marqué pour la fête;
D'intimider ce Dave en cette occasion.
C'est tout ce que je veux de ton affection.

SOSIE.

Vous pouvez maintenant dormir en assurance.

SIMON.

Va, rentre.

            (Sosie rentre chez Simon.)

SCÈNE III.

SIMON, *seul.*

QUE de soins, sans aucune espérance !
Après bien des tourments, pester, gronder, crier,
Pamphile ne voudra jamais se marier.
Dave m'a trop instruit ; et, malgré sa contrainte,
Le trouble de ses yeux m'a découvert sa crainte,
Lorsque je témoignai... Mais voici le maraud !

SCÈNE IV.

DAVE, SIMON.

DAVE, *à part, sans voir d'abord Simon.*

ON appelle cela le prendre comme il faut.
Très certain qu'à son fils on refuse une fille,
Avec beaucoup de bien et de bonne famille,
Le bonhomme fait voir un modeste maintien,
Sans en dire un seul mot, sans en témoigner rien.

SIMON, *à part.*

Il parlera. maraud ! donne-toi patience :
Tu n'en seras pas mieux, ainsi que je le pense.

DAVE, *à part.*

Je vois bien ce que c'est : le bon vieillard a cru
Que sous l'espoir flatteur de cet hymen rompu,
Et nous ayant leurrés de cette fausse joie,
Nous passerions des jours filés d'or et de soie ;
Sans trouble, sans chagrin, lorsqu'il viendroit, tout net,
Le contrat à la main, nous saisir au collet...
La peste, qu'il en sait !

SIMON, *à part.*

Ah ! le maudit esclave !

DAVE, *à part.*

Je ne le voyois pas; c'est mon vieux maître.

SIMON.

Dave?

DAVE, *feignant de ne le pas voir.*

Qui m'appelle?

SIMON.

C'est moi.

DAVE.

Qui? c'est moi?

SIMON.

Me voici.

DAVE.

Où donc?

SIMON, *à part.*

Ah! le bourreau!

DAVE.

Je ne sais.

SIMON.

C'est ici.

DAVE.

Je ne vois...

SIMON, *à part.*

Le pendard!

DAVE, *feignant de commencer à le reconnoître.*

Ouf!... Pardonnez, de grâce!...

SIMON, *l'interrompant.*

Je t'excuse, voleur! mais reste en cette place.

DAVE.

Vous n'avez qu'à parler.

SIMON.

Hein?

DAVE.

Quoi?

SIMON.

Plait-il?

DAVE.

Monsieur ?

SIMON.

Ce qu'on dit de mon fils lui fait bien de l'honneur !

DAVE.

Que dit-on?

SIMON.

Ce qu'on dit ? Qu'une certaine femme
Allume dans son cœur une illicite flamme.
Tout le monde en murmure.

DAVE!

. Ah ! vraiment, c'est de quoi
Le monde se met fort en peine, que je croi !

SIMON.

Que dis-tu?

DAVE.

Moi?

SIMON.

Toi.

DAVE.

Rien.

SIMON.

Dans la grande jeunesse,
L'âme soumise aux sens et s'égarant sans cesse...
Brisons là ; n'allons point rappeler le passé.
Mais aujourd'hui qu'il est moins jeune et plus sensé,
Dave, il faut d'autres mœurs, un autre train de vie.
Je te commande donc, ou plutôt je te prie,

Et si ce n'est assez, je te conjure, enfin,
De remettre mon fils dans un meilleur chemin.
Tu m'entends? Hein?

DAVE.

Pas trop.

SIMON.

Je sais bien qu'à son âge

On n'aime pas, on craint, on fuit le mariage.

DAVE.

On le dit.

SIMON.

Et surtout lorsqu'un jeune imprudent
S'abandonne aux conseils d'un mauvais confident,
Il se livre à des maux qu'on ne sauroit comprendre.

DAVE.

Je commence, monsieur, à ne vous plus entendre.

SIMON.

Tu ne m'entends plus?

DAVE.

Non.

SIMON.

Attends jusqu'à la fin.

DAVE.

Je suis Dave, monsieur, et ne suis pas devin.

SIMON.

Tu veux que je sois clair et plus intelligible?

DAVE.

Oui, s'il vous plaît.

SIMON.

Je vais y faire mon possible.
Si mon fils n'est ce soir soumis à la raison,
Je te ferai demain mourir sous le bâton;

Et veux, si je l'oublie ou si je te fais grâce,
Que sans miséricorde on m'assomme à ta place.
Eh bien ! de ce discours es-tu plus satisfait ?

DAVE.

Celui-ci, pour le coup, me paroît clair et net.
Ce discours-ci n'est point de ces discours frivoles,
Et renferme un grand sens, en très peu de paroles.

SIMON.

Tu ris ; mais prends bien garde à cette affaire-ci.
Tu ne te plaindras point qu'on ne t'ait averti.
Adieu.

(*Il rentre chez lui.*)

SCÈNE V.

DAVE, *seul.*

Vous l'entendez de vos propres oreilles.
Sus, Dave, il n'est pas temps de bayer aux corneilles.
Si l'esprit ne nous sert en cette occasion ;
Pour mon maître, ou pour moi, je ne vois rien de bon.
Que faire ? Le laisser dans ce péril extrême ?
Il est mort. Le servir par quelque stratagème ?
Si le vieillard le sait... Je m'y perds ; et, ma foi !
Je ne vois que bâtons prêts à tomber sur moi.
Quand il saura (bons dieux ! quelle triste journée !)
Pamphile marié, depuis plus d'une année !
Pensent-ils qu'il prendra, ce vieillard emporté,
Des contes, faits en l'air, pour une vérité ?
Lui diront-ils qu'elle est citoyenne d'Athènes ;
Et de cent visions, dont leurs têtes sont pleines,
Croiront-ils l'endormir, en lui frottant le dos ?
Un vieux marchand périt proche l'île d'Andros.

2.

Après sa mort, laissant une petite fille,
Le père de Chrysis, qui la trouva gentille,
La fit, près de Chrysis, avec soin, élever....
Imagination qu'on ne sauroit prouver !
Ce vieux marchand mourant.... Contes à dormir, fable,
Qui ne me paroît pas seulement vraisemblable....
Mais pourquoi m'arrêter à tous ces vains discours ?
A des maux si pressants il faut un prompt secours.
De ce vieillard fougueux pour calmer la furie,
Quoi ! ne pourrions-nous pas résoudre Glicérie
A venir à ses pieds lui demander.... hélas !
Glicérie est malade, et je n'y songe pas ;
Et si mal que je crains que la fin de sa vie
Ne soit le dénoûment de cette tragédie....
Mais j'aperçois Misis.

SCÈNE VI.

MISIS, DAVE.

DAVE.

        Eh bien ! ma chère enfant,
Comment se porte-t-elle ?

MISIS.

         Un peu mieux maintenant.
Mais, hélas ! on ne peut faire aucun fond sur elle.
Ce vieillard irrité lui trouble la cervelle.
Elle n'ignore pas qu'il peut, en un moment,
Rompre un hymen formé sans son consentement.
Malade comme elle est, languissante, abattue,
Bien plus que tout son mal, cette crainte la tue.
Elle découvre tout ce qu'on veut lui cacher.
Elle m'a fait sortir pour te venir chercher.
Tu lui feras plaisir de la voir, de lui dire....

DAVE, *l'interrompant.*

Je ne puis maintenant, Misis ; je me retire.
De ma présence ailleurs on a trop de besoin.
Dis-lui qu'à la servir je donne tout mon soin ;
Que de ce même pas je cours toute la ville
Pour tâcher de trouver et prévenir Pamphile.

(*Il s'en va.*)

SCÈNE VII.

MISIS, *seule.*

A QUEL nouveau malheur faut-il nous préparer ?
De son empressement que pourrois-je augurer ?
« Dis-lui que de ce pas je cours toute la ville
« Pour tâcher de trouver et prévenir Pamphile. »
Pour prévenir Pamphile ?... O ciel ! est-il besoin
Que de le prévenir on prenne tant de soin ?
Devroit-il être un jour, une heure, un moment même,
Sans venir l'assurer de son amour extrême ?
Que laisse-t-il penser ? quel funeste embarras !...
Dieux tout-puissants, grands dieux ! ne l'abandonnez pas !...

(*Apercevant Pamphile.*)

Juste ciel ! quel objet se présente à ma vue ?
Pamphile hors de lui !... Que mon âme est émue !...
Que vois-je ? il lève au ciel et les mains et les yeux !...
Notre malheur, hélas ! peut-il s'expliquer mieux ?

SCÈNE VIII.

PAMPHILE, MISIS.

PAMPHILE, *à part, et sans voir Misis, qui se retire*
à l'écart.

D'un procédé pareil un homme est-il capable ?
Est-ce là comme en use un père raisonnable ?

MISIS, *à part.*

Que veut dire ceci ? Je tremble.

PAMPHILE, *à part.*

               Ah ! quelle main,
Sort cruel, choisis-tu pour me percer le sein ?
Quoi ! sans me pressentir sur le choix d'une femme,
Mon père croit livrer et mon cœur et mon âme ?
D'abord, n'a-t-il pas dû me le communiquer ?

MISIS, *à part.*

Qu'entends-je ? Quelle énigme il vient de m'expliquer ?

PAMPHILE, *à part.*

Chrémès donc à présent tient un autre langage ?
Lui qui me refusoit sa fille en mariage,
Il prétend me la faire épouser aujourd'hui ?
Oh ! pour moi, je ne veux ni d'elle, ni de lui.
De mes vœux, de ma foi, mon cœur n'est plus le maître :
Je serois, à la fois, ingrat, parjure, traître !...
Puis-je le concevoir ?... S'il n'est aucun secours,
Ce jour fatal sera le dernier de mes jours !...
De mon cœur embrasé le feu ne peut s'éteindre....
Hélas ! des malheureux je suis le plus à plaindre.
Ne pourrai-je éviter, dans mon malheureux sort,
Un hymen mille fois plus cruel que la mort ?

De combien de rebuts m'ont-ils rendu la proie?
On me veut aujourd'hui, demain l'on me renvoie;
On me rappelle encor. Que dois-je soupçonner?
Il n'est que trop aisé de se l'imaginer :
Il n'a pu de sa fille autrement se défaire,
Il me la veut donner : voilà tout le mystère.

MISIS, *à part.*

Ce discours me saisit et me perce le cœur.

PAMPHILE, *à part.*

Mais ce qui met encor le comble à ma douleur,
C'est l'air indifférent et l'abord de mon père.
Croit-il qu'un mot suffit dans une telle affaire?
Je le rencontre. A peine avoit-il pu me voir :
« Philumène est à vous, m'a-t-il dit, et ce soir...»
J'ai cru qu'il me disoit, ou qu'à l'instant je meure :
« Va, Pamphile, va-t'en te pendre tout-à-l'heure...»
Assommé de ce coup, j'ai paru comme un sot,
Sans oser devant lui proférer un seul mot.
Si quelqu'un me demande en une telle affaire,
Averti de tout point, ce qu'il eût fallu faire :
Je ne sais; mais je sais que dans un pareil cas
J'eusse fait ce qu'il faut pour ne l'épouser pas.
Pour moi, je ne vois plus que penser, ni que dire.
Je sens, de toutes parts, mon cœur que l'on déchire.
La pitié, le respect, m'entraînent tour à tour :
Tantôt j'écoute un père, et tantôt mon amour.
Ce père me chérit, l'abuserai-je encore?
Faut-il abandonner la beauté que j'adore?
Hélas! que faire? hélas! de quel côté tourner?

MISIS, *à part.*

Il est temps de combattre, et non de s'étonner.
Il faut absolument qu'il parle à ma maitresse.

Tout le veut ; son repos, son honneur, sa tendresse.
Tandis que son esprit ne sait où s'incliner,
Parlons, pressons : un mot peut le déterminer.

PAMPHILE, *apercevant Misis, qui se rapproche de lui.*
Qu'entends-je ?... C'est Misis.

MISIS.
    Hélas ! c'est elle-même.

PAMPHILE.
Que dit-elle ?... Prends part à ma douleur extrême....
Que fait-elle ?... Réponds.

MISIS.
    Me le demandez-vous ?
Du plus cruel destin elle ressent les coups.
Le bruit qui se répand d'un fatal hyménée,
Malgré tous vos serments, malgré la foi donnée...
Elle craint, en un mot, que ce funeste jour
A son fidèle cœur n'arrache votre amour.

PAMPHILE.
Ciel ! puis-je le penser ? Quel soupçon l'a frappée ?
Ah ! malheureux ! c'est moi qui l'aurois donc trompée ?
Je l'abandonnerois, au mépris de ma foi,
Elle qui n'attend rien que du ciel et de moi ?
J'exposerois ses mœurs, sa vertu non commune,
Aux bizarres rigueurs d'une injuste fortune ?
Cela ne sera point.

MISIS.
    Elle ne doute pas
Que s'il dépend de vous, Pamphile... Mais, hélas !
Si l'on vous y contraint ?

PAMPHILE.
    Je serois assez lâche
Pour rompre, pour briser la chaîne qui m'attache ?

MISIS.

Elle mérite bien que vous vous souveniez
Que les mêmes serments, tous deux, vous ont liés.

PAMPHILE.

Si je m'en souviendrai ! qui ? moi ?... Toute ma vie.
Ce que me dit Chrysis, parlant de Glicérie,
Occupe incessamment mon esprit et mon cœur.
Mourante, elle m'appelle : et moi, plein de douleur.
J'avance. Vous étiez dans la chambre prochaine.
Et pour lors, d'une voix qui ne sortoit qu'à peine,
Elle me dit : (Misis, j'en verse encor des pleurs !)
« Elle est jeune, elle est belle, elle est sage, et je meurs.
« Pour conserver son bien que peut-elle à cet âge ?
« La beauté pour ses mœurs est un triste avantage.
« Je vous conjure donc, par sa main que je tiens,
« Par la foi, par l'honneur, par mes pleurs, par les siens,
« Par ce dernier moment qui va finir ma vie,
« De ne vous séparer jamais de Glicérie !
« Pamphile, quand j'ai cru trouver un frère en vous,
« L'aimable Glicérie y crut voir un époux ;
« Et depuis tous ses soins n'ont tendu qu'à vous plaire.
« Soyez donc son tuteur, son époux et son père.
« Du peu de bien qu'elle a daignez prendre le soin ;
« Conservez-le. Peut-être elle en aura besoin. »
Elle prit nos deux mains et les mit dans la sienne :
« Que dans cette union l'amour vous entretienne ;
« C'est tout... » Elle expira dans le même moment...
Je l'ai promis, Misis ; je tiendrai mon serment.
Je ne trahirai point la foi la plus sincère :
Je te le jure encor.

MISIS.

    - Pamphile, je l'espère...
Mais ne montez-vous pas, pour calmer ses ennuis

PAMPHILE.

Je ne paroîtrai point dans le trouble où je suis...
Mais, ma chère Misis, fais en sorte, de grâce,
Qu'elle ne sache rien de tout ce qui se passe.

MISIS.

J'y ferai mes efforts.

PAMPHILE.

     Attends, Misis... je crains...
Non, je ne la puis voir.

MISIS, *à part.*

       Hélas ! que je le plains !

FIN DU PREMIER ACTE.

ACTE SECOND.

SCÈNE I.

CARIN, BYRRHIE.

CARIN.

Ai-je bien entendu? me dis-tu vrai, Byrrhie?
Le croirai-je? Pamphile aujourd'hui se marie?

BYRRHIE.

Cela n'est que trop vrai.

CARIN.

       Mais de qui le sais-tu?
Dis-le moi donc.

BYRRHIE.

    De Dave, à l'instant, je l'ai su.

CARIN.

Jusqu'ici, quelque espoir, au milieu de ma crainte,
Soulageoit tous les maux dont mon âme est atteinte :
Mais enfin, interdit, languissant, abattu,
Je sens que je n'ai plus ni force, ni vertu.
C'en est fait, je succombe à ma douleur mortelle.
Eh! puis-je vivre après cette affreuse nouvelle?

BYRRHIE.

Lorsqu'on ne peut, monsieur, faire ce que l'on veut,
Il faudroit essayer à vouloir ce qu'on peut.

CARIN.

Que puis-je souhaiter quand je perds Philumène?

BYRRHIE.

Eh! ne feriez-vous pas, avec bien moins de peine,
Un effort pour chasser ce malheureux amour
Que d'en parler sans cesse, et la nuit et le jour?
Sans relâche, attentif au feu qui vous dévore,
Par de pareils discours vous l'irritez encore.

CARIN.

Hélas! qu'il t'est aisé, dans un profond repos,
De vouloir apporter du remède à mes maux!

BYRRHIE.

Je vous dirai pourtant...

CARIN, *l'interrompant.*

Ah! laisse-moi, Byrrhie;
Un semblable discours me fatigue et m'ennuie.

BYRRHIE.

Vous ferez là-dessus tout ce qu'il vous plaira.

CARIN.

Pamphile de mon sort lui seul décidera.
Il faut tout employer, avant que je périsse:
Il se rendra peut-être à mes désirs propice.
Je vais lui découvrir l'excès de mes tourments;
Et s'il n'est pas touché des peines que je sens,
Pour quelque temps, au moins, j'obtiendrai qu'il diffère
Un hymen que je crains et qui me désespère.
Pendant ce temps il peut arriver... que sait-on?

BYRRHIE.

Il ne peut désormais arriver rien de bon.

CARIN, *apercevant Pamphile.*

Je vois Pamphile... O ciel! conseille-moi, Byrrhie.
L'aborderai-je, ou non?

BYRRHIE.

Contentez votre envie.

Découvrez-lui l'état où l'amour vous a mis.
Peut-être craindra-t-il quelque chose de pis.

SCÈNE II.

PAMPHILE, CARIN, BYRRHIE.

PAMPHILE, *à part.*
(*A Carin.*)

Je vois Carin... Bon jour.

CARIN.

Bon jour, mon cher Pamphile.
En vos seules bontés trouverai-je un asile?
Serez-vous mon appui? La rigueur de mon sort
A mis entre vos mains et ma vie et ma mort.

PAMPHILE.

Hélas! mon cher Carin, quel espoir est le vôtre?
Je ne puis rien pour moi; que puis-je pour un autre?
Mais de quoi s'agit-il?

CARIN.

Il s'agit de savoir
Si vous vous mariez, comme on dit, dès ce soir.

PAMPHILE.

On le dit.

CARIN.

Permettez, mon cher, que je vous die
Un adieu qui sera le dernier de ma vie.

PAMPHILE.

Eh! pourquoi donc cela?

CARIN.

Je demeure interdit.
Je n'ose vous parler, et vous m'avez tout dit.
Byrrhie, instruit d'un mal, que j'ai peine à vous taire,
Vous peut de mes malheurs découvrir le mystère.

BYRRHIE, *à Pamphile.*

Oui-dà, je le ferai très volontiers.

PAMPHILE.

Hé bien ?

BYRRHIE.

Ne vous alarmez pas, surtout ; c'est moins que rien.

(*Montrant Carin.*)

Monsieur est amoureux, amoureux, à la rage,
De celle qu'on vous va donner en mariage.

PAMPHILE.

(*A Carin.*)

Il l'aime ?... Mais, Carin, parlez-moi nettement :
Vous aime-t-elle aussi ? Par quelque engagement
Pourriez-vous ?... Dites-moi... ce que je me propose...

CARIN, *l'interrompant.*

Non, je vous avouerois ingénument la chose.

PAMPHILE.

Ah ! plût au ciel, Carin, que pour vous et pour moi...

CARIN, *l'interrompant.*

Je suis de vos amis, Pamphile ; je le croi.
Par cette amitié donc entre nous établie,
Rompez premièrement cet hymen qu'on publie.

PAMPHILE.

Je ferai mes efforts.

CARIN.

Ou b'en, si votre cœur
Dans cet engagement trouve tant de douceur....

PAMPHILE, *l'interrompant.*

Quelle douceur !

CARIN.

Au moins, et pour dernière grâce,
Différez d'un seul jour le coup qui me menace,

Pour me donner le temps de délivrer vos yeux
D'un ami, d'un amant, d'un rival odieux !

PAMPHILE.

Écoutez-moi, Carin. Dans le siècle où nous sommes,
Vous ne l'ignorez pas, on rencontre des hommes
Qui, parés d'un bienfait qu'ils n'ont jamais rendu,
En arrachent le fruit, qui ne leur est pas dû.
Je suis, vous le savez, d'un autre caractère :
Ainsi, pour vous parler sans feinte, sans mystère,
Cet hymen si contraire à vos plus chers désirs,
Me cause maintenant de mortels déplaisirs.

CARIN.

Hélas ! vous me rendez la joie et l'espérance.

PAMPHILE.

Vous pouvez maintenant agir en assurance.
Faites pour l'épouser jouer mille ressorts ;
Pour ne l'épouser point je ferai mes efforts.

CARIN.

J'emploîrai.....

PAMPHILE, *l'interrompant, en voyant paroître Dave.*

   Dave vient. C'est en lui que j'espère.
Son conseil nous sera, sans doute, nécessaire.

CARIN, *à Byrrhie.*

Toi qui cent fois par jour me mets au désespoir,
Retire-toi, va-t-en.

BYRRHIE.

   Monsieur, jusqu'au revoir.
   (*Il s'éloigne.*)

SCÈNE III.

DAVE, CARIN, PAMPHILE.

DAVE, *à part.*

(*A Pamphile et à Carin,
sans les reconnoître d'a-
bord.*)

Bons dieux! que de plaisirs!.. Eh! là, messieurs, de grâce!
Je suis un peu pressé, permettez que je passe....
Pamphile n'est-il point parmi vous?... Dans son cœur
Je voudrois rétablir la paix et la douceur.
Eh! morbleu! rangez-vous.... Où diantre peut-il être?

CARIN, *bas, à Pamphile.*

Il me paroît content.

PAMPHILE, *bas.*

Il ne sait pas peut-être
Les troubles, les chagrins dont je me sens pressé.

DAVE, *à part.*

S'il est instruit des maux dont il est menacé!...

CARIN, *bas, à Pamphile.*

Écoutez ce qu'il dit.

DAVE, *à part.*

Il court toute la ville,
Et de nous rencontrer il n'est pas bien facile....
De quel côté tourner?

CARIN, *bas, à Pamphile.*

Que ne lui parlons-nous?

DAVE, *à part.*

Je vais....

PAMPHILE.

Dave?

DAVE, *reconnoissant Pamphile et Carin.*

Qui, Dave?... Ah! monsieur, c'est donc vous?...

(*A Carin.*)

Et vous aussi, Carin?... Allégresse! merveilles!

Écoutez-moi, tous deux, de toutes vos oreilles.

PAMPHILE.

Dave, je suis perdu.

DAVE.

De grâce! écoutez-moi.

PAMPHILE.

Je suis mort.

DAVE.

Je sais tout.

CARIN.

Je n'ai recours qu'en toi.

DAVE.

Je suis fort bien instruit.

PAMPHILE.

Dave, l'on me marie.

DAVE.

Je le sais.

PAMPHILE.

Dès ce soir.

DAVE.

Eh! merci de ma vie!

Un moment de repos!... Je sais vos embarras.

(*A Carin.*)

Vous craignez d'épouser.... Vous, de n'épouser pas?

CARIN.

C'est cela.

PAMPHILE, *à Dave.*

Tu l'as dit.

DAVE.

Oh ! cessez de vous plaindre ;
Jusques ici, tous deux, vous n'avez rien à craindre.

PAMPHILE.

Hâte-toi, tire-moi de la crainte où je suis.

DAVE.

Eh ! je le fais aussi, le plus tôt que je puis.
Vous n'épouserez point, vous dis-je, Philumène,
Et j'en ai, je vous jure, une preuve certaine.

PAMPHILE.

D'où le sais-tu ? dis-moi ?

DAVE.

Je le sais, et fort bien.
Votre père tantôt, par forme d'entretien,
M'a dit : « Dave, je veux, sans tarder davantage,
« De mon fils aujourd'hui faire le mariage. »
Passons. Vieillard jasant tient discours superflus,
Dont, très heureusement, je ne me souviens plus.
Au même instant, rempli d'une douleur mortelle,
Je cours pour vous porter cette triste nouvelle.
Je vais droit à la place, où ne vous voyant point,
Je me trouve, pour lors, affligé de tout point.
Je gagne la hauteur ; et là, tout hors d'haleine,
En cent lieux différents où mon œil se promène,
Élevé sur mes pieds, je m'aperçois fort bien
Que je découvre tout et ne discerne rien.
Je descends promptement ; je rencontre Byrrhie.
Avec empressement je le prie et reprie
De me dire en quel lieu vous êtes. Ce nigaud
Me regarde, m'écoute et s'enfuit aussitôt.
Las, fatigué, chagrin, je pense, je repense....
« Mais pour ce mariage on fait peu de dépense, »

Dis-je alors. Là-dessus je prends quelque soupçon.
Ce bonhomme me vient quereller sans raison.
Il nous forge un hymen pour nous tromper, je gage.
Ces doutes, bien fondés, rappellent mon courage.

PAMPHILE.

Eh bien ! après ?

DAVE.

' Après ? Plus gaillard, plus dispos,
J'arrive à la maison de Chrémès aussitôt.
Je considère tout avec exactitude.
Un seul valet, sans soin et sans inquiétude,
Respiroit à la porte un précieux loisir,
Et, malgré le grand froid, ronfloit avec plaisir.
J'en tressaille.

PAMPHILE.

Poursuis.

DAVE.

Cette maison m'étonne,
D'où personne ne sort, où n'aborde personne,
Où je ne vois amis, parentes, ni parents,
Ni meubles somptueux, ni riches vêtements,
Où l'on ne parle point de musique, de danse.

PAMPHILE.

Ah ! Dave.

DAVE.

Cet hymen a-t-il de l'apparence ?

PAMPHILE.

Je ne sais que penser,

DAVE.

Que me dites-vous là ?
C'est très certainement un conte que cela.

Je fais plus. A l'instant j'entre dans la cuisine :
Je n'y vois qu'un poulet d'assez mauvaise mine,
Un seul petit poisson, qui dans l'eau barbottoit,
Un cuisinier transi, qui dans ses mains souffloit.

CARIN.

Dave, tu me parois comme un dieu tutélaire :
Je retrouve en toi seul un protecteur, un père.

DAVE.

Eh ! vous n'en êtes pas encore où vous pensez.

CARIN, *montrant Pamphile.*

Il n'épousera point Philumène ?

DAVE.

Est-ce assez ?

Dites-moi, s'il vous plait, est-ce ainsi qu'on raisonne ?
Parce qu'il ne l'a point, faut-il qu'il vous la donne ?
Ne tardez pas, allez, employez vos amis ;
Montrez-vous caressant, obligeant et soumis.

CARIS.

Va, je n'oublirai rien. Je ferois plus encore
Pour posséder un jour la beauté que j'adore.

(*Il s'en va.*)

SCÈNE IV.

PAMPHILE, DAVE.

PAMPHILE, *à part.*

MAIS pourquoi donc, mon père, à ce point nous jouer ?

DAVE.

Il sait bien ce qu'il fait ; vous l'allez avouer.
Si Chrémès rompt des nœuds formés par votre père,
Votre père ne peut que se plaindre ou se taire.

Il sent bien qu'il eût dû vous en parler d'abord;
Il vous veut maintenant mettre dans votre tort.
Si dans cette union feinte qu'il vous propose,
Vous ne lui paroissez soumis en toute chose,
Ah! pour lors, vous verrez de terribles éclats.

PAMPHILE.

Je me prépare à tout.

DAVE.

Ne vous y trompez pas.
C'est votre père, au moins, pensez-y mieux, Pamphile;
Et de lui résister c'est chose peu facile.
Dans de nouveaux chagrins n'allez point vous plonger.
Sur le moindre soupçon qu'il pourroit se forger,
Il vous feroit chasser brusquement Glicérie,
Vous n'en entendriez parler de votre vie.

PAMPHILE.

La chasser! juste ciel!

DAVE.

N'en doutez nullement.

PAMPHILE.

Que faut-il faire? hélas!

DAVE.

Dire, tout maintenant,
Qu'à suivre ses conseils vous n'aurez nulle peine,
Et que vous êtes prêt d'épouser Philumène.

PAMPHILE.

Hein?

DAVE.

Plaît-il?

PAMPHILE.

Je dirai....

DAVE, *l'interrompant.*
                    Pourquoi non?

PAMPHILE.
                                        Que je vais....
Non, Dave, encore un coup. ne m'en parle jamais.

DAVE.
Croyez-moi.

PAMPHILE.
            C'en est trop, et ce discours me lasse.

DAVE.
Mais que risquerez-vous? Écoutez-moi, de grâce!

PAMPHILE.
De me voir séparer de l'objet de mes vœux,
D'épouser Philumène et vivre malheureux.

DAVE.
Cela ne sera point, soit dit sans vous déplaire:
Je vois plus clair que vous dans toute cette affaire.
Vous ne hasardez rien à vous humilier.
Votre père dira : « Je veux vous marier;
« J'ai choisi ce jour-ci pour célébrer la fête. »
Et vous lui répondrez, en inclinant la tête:
« Mon père, je ferai tout ce qu'il vous plaira. »
Fiez-vous en à moi ; ce coup l'assommera,
Et ce bonhomme, enfin, en intrigues fertile,
Cessera de poursuivre un dessein inutile.
Chrémès, dans son refus, plus ferme que jamais,
Vous va servir, monsieur, et selon vos souhaits.
Ainsi vous passerez, au gré de votre envie,
Sans **trouble**, d'heureux jours auprès de Glicérie.
Chrémès, de votre amour par mes soins informé,
Dans son juste refus se verra confirmé.

Mais ressouvenez-vous que le nœud de l'affaire
Est de paroître en tout soumis à votre père;
Et ne vous allez point encore imaginer
Qu'il ne trouvera plus de fille à vous donner.
Dans cet engagement que vous faites paroître,
Il vous la choisira vieille et laide peut-être,
Plutôt que vous laisser dans le déréglement,
Où vous lui paroissez vivre jusqu'à présent:
Mais si vous vous montrez soumis à sa puissance,
Le bonhomme, pour lors, rempli de confiance,
Nous laissera le temps de choisir, d'inventer
Quel remède à nos maux nous devons apporter.

PAMPHILE.

Dave, crois-tu cela?

DAVE.

Si je le crois? Sans doute.

PAMPHILE.

Hélas! si tu savois ce qu'un tel effort coûte!

DAVE.

Par ma foi! vous rêvez. Quoi donc! y pensez-vous?
On se moque de lui tant qu'on veut, entre nous...
Le voici... Bon courage! un peu d'effronterie.
Surtout, ne paroissez point triste, je vous prie.

SCÈNE V.

SIMON, PAMPHILE, DAVE.

SIMON, *à part, dans le fond, sans voir d'abord son*
fils et Dave.

JE reviens pour savoir quel conseil ils ont pris.

DAVE, *à part, en regardant furtivement Simon, qui*
ne le voit pas.

Cet homme croit trouver un rebelle en son fils,

Et médite, à part lui, quelque trait d'éloquence,
Dont nous l'allons payer autrement qu'il ne pense...
(*Bas, à Pamphile.*)
Allons, songez à vous, et possédez-vous bien.

PAMPHILE, *bas.*

Je ferai de mon mieux ; mais ne me dis plus rien.

DAVE, *bas.*

Si vous lui répondez, ainsi que je l'espère :
« Tout ce que vous voudrez ; j'obéirai, mon père... »
Vous le verrez confus, sans pouvoir dire un mot ;
Et si cela n'est pas, prenez-moi pour un sot.

SIMON, *à part, en apercevant son fils et Dave.*

Ah ! les voici tous deux, et je vais les surprendre.

DAVE, *bas, à Pamphile.*

Prenez garde, il nous voit... N'importe, il faut l'attendre.

SIMON, *à Pamphile.*

Pamphile?

DAVE, *bas, à Pamphile.*

Tournez-vous, et paroissez surpris.

SCÈNE VI.

BYRRHIE, *dans le fond et sans se faire voir;* SIMON,
PAMPHILE, DAVE.

PAMPHILE, *à Simon, avec un feint étonnement.*

AH ! mon père !

DAVE, *bas.*
Fort bien.

SIMON, *à Pamphile.*

C'est aujourd'hui, mon fils,
Que l'hymen se conclut et que tout se dispose.

PAMPHILE.

Mon père, je suis prêt à terminer la chose.

BYRRHIE, *à part.*

Qu'entends-je ? que dit-il ?

DAVE, *bas, à Pamphile, en lui montrant Simon.*

Il demeure muet.

SIMON, *à Pamphile.*

Mon fils, de ce discours je suis fort satisfait.
Je n'attendois pas moins de votre obéissance ;
L'effet n'a nullement trompé mon espérance.

DAVE, *à part.*

J'étouffe !

BYRRHIE, *à part.*

Après le tour de ces mauvais railleurs,
Mon maître peut chercher une autre femme ailleurs.

SIMON, *à Pamphile.*

Entrez : Chrémès dans peu chez moi viendra se rendre,
Et ce n'est pas à lui, mon fils, à vous attendre.

PAMPHILE.

J'y vais.

BYRRHIE, *à part.*

O temps ! ô mœurs ! qu'êtes-vous devenus ?

SIMON, *à Pamphile.*

Allez, rentrez, vous dis-je, et ne ressortez plus.
(*Pamphile rentre chez son père, et Byrrhie s'éloigne.*)

SCÈNE VII.

SIMON, DAVE.

DAVE, *à part, et sans regarder Simon.*

Il me regarde : il croit, je gagerois ma vie,
Que je reste en ce lieu pour quelque fourberie.

SIMON, *à part.*

Si de ce scélérat, par quelque heureux moyen,
(*A Dave*)
Je pouvois... A quoi donc s'occupe Dave ?

DAVE

A rien,

SIMON.

A rien ?

DAVE.

A rien du tout, ou qu'à l'instant je meure !

SIMON.

Tu me semblois pensif, inquiet, tout à l'heure.

DAVE.

Moi ? non.

SIMON.

Tu marmottois pourtant je ne sais quoi.

DAVE.

(*A part.*)

Quel conte !... Il ne sait plus ce qu'il dit, par ma foi !

SIMON.

Hein ?

DAVE.

Plaît-il ?

SIMON.

Rêves-tu ?

DAVE.

Très souvent, dans les rues,
Je fais châteaux en l'air, je bâtis dans les nues ;
Et rêver de la sorte est, vous le savez bien,
Rêver à peu de chose, et, pour mieux dire, à rien.

SIMON, *voyant que Dave affecte de ne le pas
regarder.*

Quand je te fais l'honneur de te parler, j'enrage !
Tu devrois bien, au moins, me tourner le visage.

DAVE.

Ah ! que vous voyez clair !... C'est encore un défaut
Dont je me déferai, monsieur, tout au plus tôt.

SIMON.

Ce sera fort bien fait. Une fois en ta vie...

DAVE, *l'interrompant.*

Vous voulez bien, monsieur, que je vous remercie?

SIMON.

De quoi?

DAVE.

De vos avis donnés très à propos.

SIMON.

J'y consens.

DAVE.

En effet, aller tourner le dos
Lorsque quelqu'un vous parle!

SIMON, *à part.*

Ah! quelle patience!

DAVE.

C'est choquer tout-à-fait l'exacte bienséance.

SIMON.

Auras-tu bientôt fait?

DAVE.

Une telle leçon
Me fait ouvrir les yeux de la bonne façon.

SIMON.

Oh! tu m'avertiras quand ton oreille prête...

DAVE, *l'interrompant.*

Je m'en vais, je vois bien que je vous romps la tête.

SIMON.

Eh! non, bourreau! Viens-çà, je te veux parler.

DAVE.

Bon.

SIMON.

Oui, je te veux parler. Le veux-tu bien, ou non?

4-

DAVE.

Si j'avois cru, monsieur...

SIMON, *l'interrompant.*

Ah! bon dieu! quel martyre!

DAVE.

Que vous eussiez encor quelque chose à me dire,
Je me fusse gardé d'interrompre un instant...

SIMON, *l'interrompant.*

Eh! ne le fais-tu pas, bourreau! dans ce moment?

DAVE.

Je me tairai.

SIMON.

Voyons.

DAVE.

Je n'ouvre pas la bouche.

SIMON.

Tant mieux.

DAVE.

Et me voilà, monsieur, comme une souche.

SIMON, *levant son bâton.*

Et moi, si je t'entends, je ne manquerai pas
Du bâton que voici de te casser les bras.
Or sus, puis-je espérer qu'aujourd'hui, sans contrainte,
La vérité pourra, sans recevoir d'atteinte,
Une fois seulement de ta bouche sortir?

DAVE.

Qui voudroit devant vous s'exposer à mentir?

SIMON.

Écoute, il n'est pas bon de me faire la nique.

DAVE.

Je ne le sais que trop: qui s'y frotte, s'y pique.

SIMON.

Oh bien ! cela conté, comme tu me le dis,
Cet hymen ne fait-il nulle peine à mon fils ?
N'as-tu point remarqué quelque trouble en son âme,
A cause de l'amour qu'il a pour cette femme ?

DAVE.

Qui, lui ? Voilà, ma foi ! de plaisantes amours !
Ce trouble sera donc de trois ou quatre jours ?
Puis, ne savez-vous pas qu'ils sont brouillés ensemble ?

SIMON.

Brouillés ?

DAVE.

Je vous l'ai dit.

SIMON.

Non, à ce qu'il me semble.

DAVE.

Oh bien ! tout va, vous dis-je, au gré de vos souhaits.
Ils sont brouillés, brouillés, à ne se voir jamais.
Vous voyez qu'à vous plaire il fait tout son possible :
De l'état de son cœur c'est la preuve sensible.

SIMON.

Il est vrai que j'ai lieu d'en être fort content ;
Mais il m'a paru triste, embarrassé, pourtant.

DAVE.

Ma foi ! je ne puis plus le cacher davantage.
Je crois que vous verriez au travers d'un nuage.

SIMON.

Eh bien ?

DAVE.

Vous l'avez dit, il est un peu chagrin.

SIMON.

Tu vois....

DAVE, *l'interrompant.*

Peste ! je vois que vous êtes bien fin.

SIMON.

Dis-moi donc ?

DAVE, *hésitant.*

Ce n'est rien.... c'est une bagatelle....

SIMON.

Mais encor ?

DAVE.

Que se forge une jeune cervelle.

SIMON.

Quoi ! je ne puis savoir ?

DAVE.

Il conçoit de l'ennui....
Mais ne me brouillez pas, s'il vous plaît, avec lui.

SIMON.

Il ne le saura point.

DAVE.

Il dit qu'on le marie
Sans éclat ; qu'on l'expose à la plaisanterie.

SIMON.

Comment donc ?

DAVE.

« Quoi ! dit-il, personne n'est commis
« Pour prier seulement nos parents, nos amis ?
« Pour un fils, poursuit-il, rempli d'obéissance,
« Épargne-t-on les soins, autant que la dépense ? »

SIMON.

Moi ?

DAVE.

Vous. Il a monté dans son appartement.

Il y croyoit trouver un riche ameublement.
Il n'a pas tort, au moins.... Si j'osois....

(*Il hésite.*)

SIMON.

Je t'en prie.

DAVE.

Je vous accuserois d'un peu de ladrerie.

SIMON.

Retire-toi, maraud !

DAVE, *à part, en s'en allant.*

Il en tient.

SCÈNE VIII.

SIMON, *seul.*

Sur ma foi,
Je crois que ce coquin se moque encor de moi :
Ce traître, ce pendard à toute heure m'occupe.
Eh quoi ! serai-je donc incessamment sa dupe ?
Si j'allois.... C'est bien dit... Que sert-il de rêver ?
Bon ou mauvais, n'importe, il faut tout éprouver.

FIN DU SECOND ACTE.

ACTE TROISIÈME.

SCÈNE I.

SIMON, *seul.*

Ah! je puis maintenant, selon toute apparence,
D'un succès assuré concevoir l'espérance.
S'ils m'ont voulu jouer dans cette affaire-ci,
J'ai de quoi maintenant me moquer d'eux aussi.
S'ils sont de bonne foi, comme je le souhaite,
Dans deux heures, au plus, l'affaire sera faite....
    (*Appelant.*)   (*A part.*)
Holà, Sosie, holà?... Bons dieux! que de plaisirs
De voir tout réussir au gré de ses désirs!

SCÈNE II.

SOSIE, SIMON.

SOSIE.

Que vous plait-il, monsieur?

SIMON

                  Ecoute des merveilles....
(*Lui faisant regarder autour de lui si personne ne*
l'écoute.)
Mais ce coquin de Dave est tout yeux, tout oreilles,
Prends garde.

SOSIE.

      Là-dessus n'ayez aucun soupçon.
Il n'abandonne pas un instant la maison.

Tout se fait, disent-ils, au gré de leur envie :
Ils n'ont jamais été si contents de leur vie.

SIMON.

Tel qui rit le matin pleure à la fin du jour ;
Et le proverbe dit que chacun a son tour.

SOSIE.

Eh ! comment donc ?

SIMON.

Je suis au comble de la joie.

SOSIE.

Quel est enfin ce bien que le ciel vous envoie ?

SIMON.

Ce mariage feint, à plaisir inventé,
Ce conte....

SOSIE.

Eh bien ! ce conte ?

SIMON.

Est une vérité.

SOSIE.

D'un autre que de vous j'aurois peine à le croire.

SIMON.

Je te vais, en deux mots, conter toute l'histoire.
Mon fils, m'ayant promis ce que je demandois,
Et même beaucoup plus que je n'en attendois,
M'a jeté, tout d'un coup, dans quelque défiance.
J'ai prié Dave alors, avec beaucoup d'instance,
De vouloir pleinement éclaircir mes soupçons.
Le traître m'en a dit de toutes les façons,
M'a fait cent questions sur une bagatelle ;
Et le chien m'a si bien démonté la cervelle
Que dans tous ses discours je n'ai rien vu, sinon
Qu'il se moquoit de moi.

SOSIE.

Tout de bon?

SIMON.

Tout de bon.

Je chasse sur-le-champ cette maligne bête;
Tout ému que je suis, il me vient dans la tête
De voir Chrémès. Je suis ce premier mouvement;
J'arrive à sa maison dans cet empressement.
Les compliments rendus, je lui fais des caresses,
Cent protestations, mille et mille promesses.
J'ai tant prié, pressé, je m'y suis si bien pris
Que sa fille aujourd'hui doit épouser mon fils.

SOSIE.

Ah! que me dites-vous?

SIMON.

C'est la vérité pure.

Tout m'a favorisé dans cette conjoncture;
Et tu verras dans peu Chrémès venir ici,

(*Voyant paroître Chrémès.*)

Pour conclure l'hymen.... Justement, le voici.

SCÈNE III.

CHRÉMÈS, SIMON, SOSIE.

SIMON, *à part.*

Non, je ne me sens pas!.. O ciel! je te rends grâce!..

(*A Chrémès, en l'embrassant.*)

Mon cher Chrémès, souffrez qu'encor je vous embrasse.
Allons, n'entrons-nous pas?

(*Sosie s'éloigne.*)

SCÈNE IV.

CHRÈMES, SIMON.

CHRÉMÈS.

Votre intérêt, le mien
Me font vous demander un moment d'entretien.

SIMON.

Chez moi nous serons mieux.

CHRÉMÈS.

Il n'est pas nécessaire.
Un mot est bientôt dit ; je ne tarderai guère.

SIMON.

Vous n'auriez pas changé de résolution ?

CHRÉMÈS.

Monsieur, sur tout ceci j'ai fait réflexion.
De vos empressements je n'ai pu me défendre :
J'ai donné ma parole, et je viens la reprendre.

SIMON.

Pour la seconde fois, Chrémès, y pensez-vous ?

CHRÉMÈS.

Pour la centième fois ; car enfin, entre nous,
A votre fils plongé dans le libertinage
Irois-je ainsi donner ma fille en mariage ?
C'est se moquer, tout franc ; et vous n'y songez pas
De me pousser, vous-même, à faire un mauvais pas.
Croyez, d'ailleurs, Simon, que cet effort me coûte.

SIMON.

Ah ! de grâce ! un moment.

CHRÉMÈS.

Parlez, je vous écoute.

SIMON.

Chrémès, par tous les dieux, j'ose vous conjurer,
Par l'amitié qu'en nous rien ne peut altérer,
Qui dès nos jeunes ans a commencé de naître,
Que l'âge et la raison ont formée et vu croître,
Par cette fille unique en qui vous vous plaisez,
Par mon fils, du salut duquel vous disposez,
D'accomplir cet hymen sans tarder davantage !
C'est de notre amitié le plus sûr témoignage.

CHRÉMÈS.

Ah ! Simon, cachez-moi toute votre douleur :
Ce discours me saisit et me perce le cœur.
A vos moindres désirs je suis prêt à me rendre.
Du moins, à votre tour, daignez aussi m'entendre.
Voyons : si cet hymen leur est avantageux,
J'y consens ; à l'instant marions-les tous deux.
Mais quoi ! si cet hymen, que votre cœur souhaite,
Dans des gouffres de maux l'un et l'autre les jette,
Nous devons regarder la chose de plus près,
Et prendre de tous deux les communs intérêts.
Pensons donc, pour le bien et de l'un et de l'autre,
Que Pamphile est mon fils, que ma fille est la vôtre.

SIMON.

Et je le fais aussi ; je ne regarde qu'eux :
Leur bonheur est très sûr, leur malheur est douteux.
A conclure aujourd'hui, Chrémès, tout nous convie.

CHRÉMÈS.

Comment ?

SIMON.

Il ne voit plus…

CHRÉMÈS, l'interrompant.

Hé ! qui donc ?

SIMON.

Glicérie.

CHRÉMÈS.

J'entends.

SIMON.

Ils sont brouillés ; mais comptez là-dessus,
Si brouillés que je crois qu'il n'y songera plus.

CHRÉMÈS.

Fable !

SIMON.

Rien n'est plus vrai. Chrémès, je vous le jure.

CHRÉMÈS.

Ne nous arrêtons point à cette conjecture.
Simon, nous le savons, et depuis plus d'un jour,
Les piques des amants renouvellent l'amour.

SIMON.

Chrémès, n'attendons pas que cet amour renaisse,
Et profitons d'un temps qu'un bon destin nous laisse.
N'exposons plus mon fils aux charmes séducteurs,
Aux larmes, aux transports, à ces feintes douleurs,
Dont se sert avec fruit une coquette habile :
Prévenons ce malheur en mariant Pamphile.
De Philumène alors mon fils étant l'époux
Prendra des sentiments dignes d'elle et de vous.

CHRÉMÈS.

Votre amour aveuglé vous flatte et vous abuse.
Nous accordera-t-il un bien qu'il vous refuse ?
Ne nous amusons point d'un ridicule espoir.

SIMON.

Sans l'avoir éprouvé, pouvez-vous le savoir ?

CHRÉMÈS.

En vérité, Simon, l'épreuve est dangereuse !

SIMON.

Çà, je le veux, prenons que la chose est douteuse.
S'il arrivoit, pourtant, ce que je ne crains pas,
Quelque désordre : eh bien ! sans faire de fracas
Nous les séparerions. Regardez, je vous prie ;
Voilà le plus grand mal. Mais, s'il change de vie,
Considérez les biens que vous nous donnerez.
D'abord notre amitié, que vous conserverez ;
En second lieu, le fils que vous rendez au père :
Pour vous un gendre acquis et soigneux de vous plaire,
A Philumène enfin un époux vertueux.

CHRÉMÈS.

Oh bien ! soit, que l'hymen les unisse tous deux.

SIMON.

Ah ! c'est avec raison, Chrémès, que je vous aime,
Je vous le dis sans fard, à l'égal de moi-même.

CHRÉMÈS.

Je vous suis obligé. Qui vous a donc appris
Que l'Andrienne enfin ne voit plus votre fils ?

SIMON.

Vous me feriez grand tort, mon cher Chrémès, de croire
Que je voulusse ici vous forger une histoire.
C'est Dave, à qui mon fils ne cache jamais rien,
Qui me l'a dit tantôt par forme d'entretien.
C'est de lui que je sais, comme chose certaine,
Le désir qu'a mon fils d'épouser Philumène.
Je m'en vais l'appeler. Cachez vous dans ce coin ;
De tout ce qu'il dira vous serez le témoin.

CHRÉMÈS.

Je fais ce qu'il vous plait.

SIMON, *apercevant Dave.*

Ah ! le voilà lui-même.

(*Chrémès se cache dans un coin.*)

SCÈNE V.

DAVE, SIMON; CHREMÈS, *caché dans un coin
du théâtre.*

DAVE, *à Simon.*

POURQUOI nous laissez-vous dans cette peine extrême ?
Il se fait déja tard. C'est se moquer, aussi !
L'épouse ne vient point, et devroit être ici.
Nous sommes de la voir dans une impatience...

SIMON, *l'interrompant.*

Va, Dave, elle y sera plus tôt que l'on ne pense.

DAVE.

Elle n'y peut venir assez tôt.

SIMON.

Je le croi.

Et Pamphile ?

DAVE.

Il l'attend plus ardemment que moi.

SIMON, *toussant.*

Hem, hem, hem !

DAVE.

Vous toussez ?

SIMON.

Ce n'est rien.

DAVE.

Je l'espère.

Tous ces petits enfants, dont vous serez grand-père,
Auront besoin de vous. Cela donne à rêver ;
Et pour eux et pour nous il faut vous conserver

SIMON.

Que fait mon fils ?

5.

DAVE.

Il court, il arrange, il ordonne,
Et se donne, ma foi, plus de soin que personne.

SIMON.

Mais encor, que dit-il?

DAVE.

Oh! vraiment, ce qu'il dit?...
Je crois qu'à tous moments il va perdre l'esprit.

SIMON.

Eh! comment donc cela?

DAVE.

Son âme impatiente
Ne sauroit supporter une si longue attente.

SIMON, toussant encore.

Hem, hem!

DAVE.

Mais, cependant. ce rhume est obstiné.

SIMON.

Un peu de mouvement que je me suis donné...
Laissons... Il parle donc souvent de Philumène?

DAVE.

C'est son petit bouchon, sa princesse, sa reine.

SIMON.

Cela me fait plaisir.

DAVE, riant.

Et le pauvre garçon
A déja composé pour elle une chanson.

SIMON.

Je pense que tu ris?

DAVE.

Il faut bien que je rie:
Je n'ai jamais été plus joyeux de ma vie.

SIMON.

Dave, il faut maintenant t'avouer mon secret.
J'avois toujours de toi craint quelque mauvais trait,
Et l'amour de mon fils avec cette étrangère
Me rendoit défiant ; je ne puis plus le taire.

DAVE.

Moi, vous tromper ? Bons dieux ! que me dites-vous là ?
Je ne suis vraiment pas capable de cela.

SIMON.

Je l'ai cru. Maintenant que ton zèle m'impose,
Je te vais découvrir ingénument la chose.

DAVE.

Quoi donc ?

SIMON.

Tu le sauras, car je me fie à toi.

DAVE.

J'aimerois mieux cent fois...

SIMON, *l'interrompant.*

C'est assez, je te croi.
L'hymen en question ne se devoit point faire.

DAVE.

Comment ?

SIMON.

Pour vous tromper j'ai fait tout ce mystère.

DAVE.

Que me dites-vous là ?

SIMON.

Que la chose est ainsi.

DAVE.

Non, je n'eusse jamais deviné celui-ci...
Ah ! que vous en savez !

CHRÉMÈS, *à Simon, en sortant du lieu où il étoit*
caché.

C'est trop long-temps attendre,
Et j'en sais beaucoup plus qu'il n'en falloit entendre.
Je vais chercher ma fille, et l'amener chez vous.

(*Il s'en va.*)

SCÈNE VI.

SIMON, DAVE.

SIMON.

Tu comprends bien ?

DAVE, *à part.*

Ah ciel ! où nous fourrerons-nous ?

SIMON.

Et, sans te fatiguer d'inutile redite,
Tu vois de tout ceci la naissance et la suite.

DAVE.

Il ne m'échappe rien, monsieur, je comprends tout.

SIMON.

Je te le veux conter de l'un à l'autre bout.

DAVE.

Ne vous fatiguez point.

SIMON.

Je veux....

DAVE, *l'interrompant.*

Je vous en prie.

SIMON.

Mais, du moins, il faut bien que je te remercie.
Ce mariage, enfin, dont je me sais bon gré,
C'est toi, Dave, c'est toi qui me l'as procuré.

DAVE, *à part.*

Ah! je suis mort!

SIMON.

Plaît-il?

DAVE.

Fort bien! le mieux du monde!

SIMON.

Et je m'en souviendrai.

DAVE, *à part.*

Que le ciel te confonde!

SIMON.

Que murmures-tu là, tout bas, entre tes dents?

DAVE.

Il m'a pris tout d'un coup des éblouissements.

SIMON.

Cela se passera. Désormais fais en sorte
Que mon fils dans l'hymen sagement se comporte.

DAVE.

Allez, vous n'en aurez que du contentement.

SIMON.

Dave, mieux que jamais tu le peux maintenant.
L'Andrienne et Pamphile étant brouillés ensemble,
C'est pour ce mariage un grand bien, ce me semble?

DAVE.

Reposez-vous sur moi, puisque je vous le dis.

SIMON.

N'est-il pas à présent?...

DAVE, *l'interrompant.*

Il est dans le logis.

SIMON.

Je m'en vais le trouver; cette affaire le touche.
Il faut de tout ceci l'instruire par ma bouche.

(Il rentre chez lui.)

SCÈNE VII.

DAVE, *seul.*

Où suis-je? où vais-je?... Hélas! quel destin est le mien ?
Je ne me connois plus, et je suis moins que rien.
Ne pourrai-je obtenir, par grâce singulière,
Qu'on me jette dans l'eau, la tête la première?
Je l'entreprendrois bien ; mais, malheureux en tout,
J'y ferois mes efforts sans en venir à bout.
Quelque mauvais démon, par quelque diablerie,
Me retiendroit en l'air, pour conserver ma vie.
Que deviendrai-je donc ?... Je suis bien avancé !
J'ai tout perdu, brouillé ; j'ai tout bouleversé.
Sans en tirer de fruit, j'ai trompé mon vieux maitre.
Dans ces noces, enfin, qui ne devoient point être,
Misérable! j'embarque et j'engage son fils,
Malgré tous ses conseils, que je n'ai point suivis....
Si je puis revenir du danger qui me presse,
Je fais vœu désormais à la sainte paresse
De chercher le repos et la tranquillité
Au fond de la mollesse et de l'oisiveté.
Pour lors je passerai, sans trouble, sans affaire,
La nuit à bien dormir, le jour à ne rien faire.
Finesse, ruse, fourbe, adresse, activité,
Tant de soins, tant de pas que m'ont-ils rapporté?
Si j'eusse demeuré dans une paix profonde,
Maintenant nous serions les plus heureux du monde....
Ah! je le vois.... grands dieux! c'en est fait, et je crois
Qu'il me va voir ici pour la dernière fois.

SCÈNE VIII.

PAMPHILE, DAVE.

PAMPHILE, *à part, sans voir d'abord Dave.*
Où trouverai-je donc ce scélérat, ce traître ?

DAVE, *à part.*

Je me meurs !

PAMPHILE, *à part.*
A mes yeux osera-t-il paroître ?
Des rigueurs du destin je n'ose murmurer.
Des conseils d'un marand que pouvois-je espérer ?
Mais il partagera le tourment que j'endure.

DAVE, *à part.*
Si je puis échapper d'une telle aventure,
Je ne dois désormais plus craindre pour mes jours.

PAMPHILE, *à part.*
Que dirai-je à mon père ?... Il n'est plus de secours.
Moi qui lui paroissois rempli d'obéissance,
De changer à ses yeux aurai-je l'insolence ?
Que faire ?... Je ne sais.

DAVE, *à part.*
Ni moi, de par les dieux !...
Et, cependant, en vain j'y rêve de mon mieux.

PAMPHILE, *apercevant Dave.*
Ah ! c'est vous ?

DAVE, *à part.*
Il me voit.

PAMPHILE.
Effronté ! misérable !
Eh bien ! où me réduit ton conseil détestable ?
Dans quel abîme affreux....

DAVE, *l'interrompant.*

Je vous en tirerai.

PAMPHILE.

Tu m'en retireras ?

DAVE.

Ou bien j'y périrai.

PAMPHILE.

Oui, comme tu l'as fait, double chien ! tout-à-l'heure.

DAVE.

Non, je m'y prendrai mieux Pamphile, que je meure !

PAMPHILE.

Quoi donc ! je me firois encore à toi, bourreau !
A toi qui m'as tendu cet horrible panneau ?
Ne t'avois-je pas dit qu'il valoit mieux se taire ?

DAVE.

Oui, vous me l'aviez dit.

PAMPHILE.

Que te faut-il donc faire ?

DAVE.

Me pendre. Mais, avant cette exécution,
Donnez-moi quelque temps pour la réflexion.
Il ne faut qu'un moment pour nous tirer d'affaire.

PAMPHILE.

Non, je n'entends plus rien qui ne me désespère.
Infâme ! tu peux bien t'apprêter à mourir ;
Mais je veux y rêver pour te faire souffrir.

SCÈNE IX.

CARIN, PAMPHILE, DAVE.

CARIN, *à Pamphile.*

Ose-t-on le penser ? oseroit-on le croire ?
Peut-on exécuter une action si noire ?

PAMPHILE, *montrant Dave.*

Je suis au désespoir, Carin : ce malheureux,
En voulant nous servir, nous a perdus tous deux.

CARIN.

En voulant nous servir ? Le prétexte est honnête !

PAMPHILE.

Comment ?

CARIN.

A ces discours croit-on que je m'arrête ?

PAMPHILE.

Que veut dire ceci ?

CARIN.

Mon malheureux amour
A fait un changement bien cruel en un jour
Vous abandonnez donc cette pauvre Andrienne ?
Hélas ! je vous croyois l'âme comme la mienne.

PAMPHILE.

Cela n'est point ainsi, vous dis-je ; croyez-moi.

CARIN.

Le plaisir n'étoit pas assez grand, je le voi,
Si vous ne me flattiez d'une fausse espérance.
Épousez Philumène.

PAMPHILE.

Une vaine apparence
(*Montrant Dave.*)

Vous abuse, Carin.... Vous ne comprenez pas
Que c'est ce malheureux qui fait notre embarras.
Il devient mon bourreau. Mes intérêts, les vôtres....

CARIN, *l'interrompant.*

Vous traite-t-il plus mal que vous traitez les autres ?

PAMPHILE.

Si vous me connoissiez, ou l'amour que je sens,
Je vous verrois bientôt changer de sentiments.

CARIN.

Ah ! je vois ce que c'est : malgré l'ordre d'un père,
Malgré tous ses discours et toute sa colère,
Il n'a pu vous contraindre enfin à l'épouser ?

PAMPHILE.

Écoutez ; un moment va vous désabuser.
On ne me forçoit point de prendre Philumène.

CARIN.

Et vous la prenez donc pour jouir de ma peine ?

PAMPHILE.

Attendez.

CARIN.

Mais enfin l'épousez-vous, ou non ?

PAMPHILE.

(*Montrant Dave.*)

Vous me faites mourir !... Ce méchant, ce fripon
M'a tant prié, pressé d'aller dire à mon père
Qu'en tout absolument je voulois lui complaire,
Qu'il a fallu céder, après un long débat.

CARIN.

Qui vous l'a conseillé ?

PAMPHILE, *montrant Dave.*

Ce chien, ce scélérat !

CARIN.

Dave ?

PAMPHILE.

Dave a tout fait.

CARIN.

Eh ! pourquoi ?

PAMPHILE.

Je l'ignore.

CARIN, à *Dave.*

Dave, as-tu fait cela?

DAVE.

Je l'ai fait.

CARIN.

Ciel! encore?

(*Montrant Pamphile.*)

Eh quoi! le plus mortel de tous ses ennemis
Pouvoit-il inventer quelque chose de pis?

DAVE.

Je me suis abusé, monsieur, je vous l'avoue :
Ainsi de nos projets la fortune se joue.
Je ne suis pourtant point tout-à-fait abattu.
Laissez-moi respirer.

PAMPHILE.

Eh bien! que feras-tu?
Parle vite; il est temps.

DAVE.

Ce que je me propose
Pourroit déja donner un grand branle à la chose.

PAMPHILE.

Enfin, nous diras-tu?...

DAVE, *l'interrompant.*

Je n'ai pas commencé.
Il faut me pardonner d'abord tout le passé.

CARIN.

Soit.

PAMPHILE.

Ah! si je remets en ses mains ma fortune,
Je serai marié quatre fois au lieu d'une.

DAVE, *après avoir un peu rêvé.*

Je le tiens.... C'en est fait, nous serons tous contents.
Vous entendrez parler de moi dans peu de temps.

PAMPHILE.

Quoi ! nous ne saurons point ?...

DAVE, *l'interrompant.*

Allez, laissez-moi faire.

Je veux avoir, moi seul, l'honneur de cette affaire.
Si je ne réussis selon votre désir,
Vous me pendrez après, tout à votre loisir.

PAMPHILE.

Remets-nous dans l'état où nous étions.

DAVE.

J'enrage !

Allez, je vous réponds d'en faire davantage.

FIN DU TROISIÈME ACTE.

ACTE QUATRIÈME.

SCÈNE I.

MISIS, *seule.*

Ax ciel! qui vit jamais un tel empressement?
« Allez, soyez ici dans le même moment.
« Marchez, courez, volez; faites toute la ville,
« Et ne revenez pas sans amener Pamphile.... »
Cet ordre me paroit très facile à donner;
Mais pour l'exécuter de quel côté tourner?...
   (*Voyant paroître Dave.*)
Dave vient a propos : il nous dira, peut-être,
Ce que dit, ce que fait, où se cache son maître.

SCÈNE II.

DAVE, MISIS.

MISIS.
PAMPHILE veut-il donc la mettre au désespoir?
Peut-elle, sans mourir, être un jour sans le voir?

DAVE.
Misis, ma chère enfant, en un mot, comme en mille,
C'en est fait, pour le coup, il n'est plus de Pamphile.

MISIS.
Qu'est-il donc arrivé?

DAVE.
   C'est un traître, un ingrat,
Un imposteur, un fourbe, un lâche, un scélérat.

MISIS.

Abandonneroit-il la pauvre Glicérie?

DAVE.

Il l'abandonne.

MISIS.

Ah ciel!

DAVE.

Ce soir on le marie.

MISIS.

Glicérie en mourra.

DAVE.

Moi, j'en suis presque mort.

MISIS.

Quoi donc! y consent-il?

DAVE.

Il y consent très fort.

MISIS.

Dave, tu t'es trompé, cela n'est pas croyable.

DAVE.

Je ne t'ai jamais rien dit de plus véritable.

MISIS.

Et les dieux permettront qu'une telle action?...

DAVE, *l'interrompant.*

Eh! ce n'est pas cela dont il est question.

MISIS.

Pour le punir est-il une assez rude peine?

DAVE.

Non.

MISIS.

Il aura le front d'épouser Philumène?

DAVE.

Oui.

MISIS.

Qu'as-tu dit, enfin, qu'as-tu fait là-dessus?

DAVE, *hésitant.*

J'ai dit.... J'ai fait....

MISIS.

Eh bien?

DAVE.

Cent discours superflus.

MISIS.

Eh! que te répond-il?

DAVE.

Planté comme une idole,
Il n'ose proférer une seule parole.

MISIS.

Il ne te parle point?

DAVE.

Il est comme un benêt,
Et m'entend sans souffler dire ce qui me plaît.

MISIS.

Pas un mot?

DAVE.

Pas un mot.

MISIS, *voulant l'emmener.*

Allons voir Glicérie.

DAVE, *la retenant.*

Ma chère enfant, Simon n'entend point raillerie.
Je n'en ai que trop fait; je viens vous avertir...
Bon dieu! si de chez vous on me voyoit sortir...

MISIS, *l'interrompant.*

·Eh! tu me parles bien au milieu de la rue?

DAVE.

Je puis dire que c'est une chose imprévue.

MISIS, *en s'en allant.*

Ne t'écarte donc pas; je reviens.

DAVE.

Je t'attends.

SCÈNE III.

CRITON, DAVE.

CRITON, *à part.*

PERDRAI-JE à la chercher bien des pas et du temps?

DAVE, *à part, en apercevant Criton.*

Voici quelque étranger.

CRITON, *à part.*

Oui, c'est dans cette place.

DAVE, *à part.*

A qui donc en veut-il?

CRITON,

Me ferez-vous la grâce
De vouloir, s'il vous plait, m'enseigner le logis
De Glicérie, ou bien de la sœur de Chrysis?

DAVE, *lui montrant la maison où demeure Glicérie.*

Vous voilà maintenant, monsieur, devant sa porte.
Pour Chrysis, vous savez?...

CRITON, *l'interrompant.*

Oui, je sais qu'elle est morte.

Vous la connoissiez donc?

DAVE.

Si je la connoissois?
J'étois son serviteur, monsieur, et l'honorois
Comme elle méritoit.

CRITON.

Elle étoit Andrienne?

DAVE.

Je le sais.

CRITON.

Et, de plus, ma cousine germaine ;
Et je viens, tout exprès, prendre possession
De ce qui m'appartient de sa succession :
Car j'ai lieu d'espérer que déja Glicérie,
Rendue heureusement au sein de sa patrie,
A recouvré son bien et ses parents aussi ?

DAVE.

Elle est comme elle étoit en arrivant ici,
Sans parents et sans bien, monsieur, je vous le jure.

CRITON.

Ah ! que j'en suis fâché !.... La pauvre créature !....
Si j'eusse su cela, loin de partir d'Andros,
J'y serois demeuré, chez moi, bien en repos.
Tout le monde la croit la sœur de ma parente ;
Sous ce titre elle a pris et le fonds et la rente.
Étranger, moi, que j'aille intenter un procès ?
Je n'en dois espérer qu'un malheureux succès.
Glicérie est fort jeune ; elle doit être belle :
Tous ses amants iront solliciter pour elle.
Ils diront que je suis un fourbe, un affronteur,
Qui, n'ayant aucun bien, vient usurper le leur.
Quand toutes ces raisons ne seroient pas valables,
Ne doit-on pas toujours aider les misérables ?

DAVE.

Oh ! par ma foi ! monsieur, dont j'ignore le nom...

CRITON, *l'interrompant.*

Eh bien ! mon cher enfant, on m'appelle Criton.

DAVE.

Monsieur Criton, donc, soit ; un aussi galant homme
Ne se trouveroit pas d'Athènes jusqu'à Rome.

CRITON.

Je vous suis obligé de ces bons sentiments.

DAVE.

Ce ne sont point ici de mauvais compliments.

CRITON.

Vous m'avez bien instruit : je vous en remercie;
Et dans un autre esprit je vais voir Glicérie.

DAVE, *voyant paroître Glicérie.*

Eh! la voilà qui sort, la pauvre femme !

CRITON.

Hélas!

SCÈNE IV.

GLICERIE, MISIS, ARQUILLIS, CRITON, DAVE.

GLICÉRIE, *à part, en reconnoissant Criton, avec étonnement, et lui tendant les bras.*

O CIEL ! je vois Criton !

DAVE, *à Criton.*

Elle vous tend les bras.

CRITON, *à Glicérie.*

C'est vous, ma chère enfant ?

GLICÉRIE, *pleurant.*

C'est cette infortunée
Aux rigueurs des destins toujours abandonnée.

CRITON.

Ah ! que le ciel ici me conduit à propos !
Allons, ne tardons point, retournons voir Andros.
Tous mes enfants sont morts; je n'ai plus de famille :
Venez, vous y serez comme ma propre fille...
Quel pitoyable état ! Les yeux baignés de pleurs,
Languissante, abattue.

GLICÉRIE.

Ah! Criton, je me meurs!

CRITON.

Pourquoi vous levez-vous?

GLICÉRIE.

Une importante affaire

M'oblige de sortir.... Je ne tarderai guère....

(*A Arquillis, en lui montrant Criton.*)

Conduisez-le, Arquillis, dans mon appartement...

(*A Criton.*)

Reposez-vous; je suis à vous dans un moment.

CRITON.

Qu'un destin plus heureux vous guide et vous conduise,

Et qu'en tous vos desseins le ciel vous favorise!

(*Criton entre dans la maison de Glicérie, avec Arquillis.*)

SCÈNE V.

GLICÉRIE, DAVE, MISIS.

GLICÉRIE, *à Dave.*

DAVE, tu vois l'état où Chrysis m' réduit.

De ce beau mariage enfin voilà le fruit!

Carin n'est que trop vrai, Pamphile m'abandonne.

DAVE.

Je ne le comprends pas.

GLICÉRIE.

Et, pour moi, je m'étonne,

Vu le peu que je vaux, que mes foibles appas

Aient pu le retenir si long-temps dans mes bras.

Son amour fut l'effet d'un aveugle caprice;

A mon peu de mérite il a rendu justice.

Sans parents, sans amis, sans naissance, sans bien,

Je n'ai pas dû prétendre un cœur comme le sien.
Fuyons l'éclat ; sans bruit, rompons ce mariage...
A des égards, au moins, ma tendresse l'engage.
En tout soumise aux lois qu'il voudra m'imposer...

DAVE, l'interrompant.

A ces visions-là faut-il vous amuser ?
Oui-dà, dans un roman ce discours, avec grâce,
Ingénieusement pourroit trouver sa place ;
Mais les contes en l'air ne sont plus de saison :
Il faut parler, madame, et sur un autre ton.

MISIS, à Glicérie.

Ne vous abusez plus, laissez là ces chimères,
Et sérieusement pensez à vos affaires.

GLICÉRIE.

Je ne puis plus long-temps supporter mon ennui.
Le ciel me rend Criton, et je pars avec lui.
Il faut, loin de ces lieux, chercher une retraite,
Et pleurer à loisir la faute que j'ai faite.

DAVE.

Prête à perdre l'époux qu'on veut vous arracher,
Quoi ! vous ne ferez pas un pas pour l'empêcher ?

MISIS, à Glicérie.

Avant que de quitter ces objets de colère,
Il nous reste en ces lieux bien des choses à faire.

GLICÉRIE.

Hélas ! que puis-je encor ?

DAVE.

Vous taire, m'écouter,
Recevoir mes conseils, et les exécuter.

MISIS, à Glicérie.

Employer hardiment et l'honnête et l'utile,
Afin de conserver votre honneur et Pamphile.

GLICÉRIE.

Hélas ! après des soins inutilement pris,
Je ne remporterai que honte et que mépris.

MISIS.

Si rien ne réussit, si tout nous désespère,
Nous ferons enrager le père, le beau-père,
La bru, le gendre encore ; et, sans autre façon,
Il faut les aller tous brûler dans leur maison.
Allez, de ce projet laissez-moi la conduite.
Songeons à nous venger ; nous partirons ensuite.

GLICÉRIE.

De semblables discours augmentent mes ennuis,
Et ne conviennent point à l'état où je suis.

DAVE.

Mais, madame, en un mot, que prétendez-vous faire ?

GLICÉRIE.

Fuir, pleurer, et cacher ma honte et ma misère.

DAVE.

Prenez des sentiments plus justes et plus doux.
Eh ! de grâce, une fois, madame, écoutez-nous.

MISIS, à Glicérie, qui détourne la tête.

Mais écoutez-le au moins... Pour moi, je vous admire.

GLICÉRIE.

Eh quoi ! ne sais-je pas tout ce qu'il me veut dire ?

DAVE.

Ah ! juste ciel !

GLICÉRIE.

Il veut que je parle à Simon,
Et que j'aille à ses pieds lui demander...

DAVE.

Eh non !

Il s'en faut bien garder. C'est à Chrémès, madame,
Que vous devez ouvrir votre cœur et votre âme ;
Le porter, l'exciter à la compassion,
De Pamphile avec vous déclarer l'union,
Et lui dire surtout, mais qu'il vous en souvienne,
Que, très certainement, vous êtes citoyenne.
Conjurez-le, pressez-le, embrassez ses genoux ;
Demandez-lui s'il veut vous ôter votre époux :
Du saint nœud qui vous joint faites-lui voir le gage,
Et de fréquents soupirs ornez votre langage.
Si vous vous y prenez de la sorte, soudain
Vous lui ferez tomber les armes de la main ;
Pour la troisième fois il rompra cette affaire,
Et sera prêt, lui-même, à vous servir de père.

GLICÉRIE.

Je veux bien me soumettre encore à tes avis,
Dave ; de point en point tu les verras suivis :
Mais si le sort se montre à mes désirs contraire,
Dès demain je m'impose un exil volontaire.

DAVE.

Allez, tout ira bien ; oui, je vous le promets,
Et mes pressentiments ne me trompent jamais.
Le foudre menaçant gronde sur notre tête ;
Mais le calme toujours succède à la tempête...
Pour plus d'une raison il est bon qu'en ce lieu
On ne nous trouve point tous trois ensemble. Adieu.

(*Il s'éloigne.*)

SCÈNE VI.

GLICERIE, MISIS.

GLICÉRIE, *à part.*

SOULAGE mes douleurs, ciel, je te le demande.

MISIS.

Retenez bien cela, mais que Chrémès l'entende.
Allons-nous-en chez lui ; point de retardement.

GLICÉRIE.

Ah ! du moins laisse-moi respirer un moment.

MISIS.

Songez à vous tirer d'un embarras funeste ;
Il faut pour respirer avoir du temps de reste.

GLICÉRIE.

Ne prends-tu point pitié de l'état où je suis ?
Misis, crois-moi, je fais bien plus que je ne puis.

MISIS.

Là, ne nous fâchons point... Mais, dites-moi, de grâce,
Serons-nous tout le jour dans cette même place ?

GLICÉRIE.

(*A part.*)

Çà, donne-moi la main ; allons, Misis... Grands dieux,
Sur l'excès de mes maux daignez jeter les yeux...
(*A Misis, en voyant ouvrir la porte de la maison à
Simon.*)
Ah ! Misis, que je crains !... on ouvre cette porte.

MISIS.

Vous craignez ?

GLICÉRIE.

Que Simon ou ne rentre ou ne sorte.

MISIS.

Eh ! laissons-le rentrer ou sortir, et passons.

GLICÉRIE.

Ah ! ma chère Misis, un instant demeurons.

SCÈNE VII.

SIMON, SOSIE, GLICÉRIE, MISIS.

SIMON, à Sosie dans le fond.

ALLEZ, ne tardez pas, dépêchez-vous, Sosie ;
Amenez Philumène et Chrémès, je vous prie.
Dites-lui qu'on l'attend avec empressement.

(Simon rentre chez lui, et Sosie s'éloigne.)

SCÈNE VIII.

GLICÉRIE, MISIS.

GLICÉRIE, à part.

O ciel ! quel coup de foudre et quel triste moment !
Tous mes sens sont troublés, et je sens que mon âme...

SCÈNE IX.

DAVE, GLICÉRIE, MISIS.

DAVE, bas, à Glicérie.

ALLONS, préparez-vous, voici Chrémès, madame.

(Il s'en va.)

SCÈNE X.

CHRÉMÈS, GLICÉRIE, MISIS.

MISIS, *bas, à Glicérie.*

Vous hésitez ? Il n'est plus temps de reculer.
Le sort en est jeté, madame, il faut parler...
Il vient, de votre cœur qu'il sache les alarmes.
Jetez-vous à ses pieds, baignez-les de vos larmes.

GLICÉRIE, *à Chrémès, en se jetant à ses pieds.*

Permettez-moi, monsieur, d'embrasser vos genoux,
Et de vous demander...

CHRÉMÈS, *l'interrompant, et voulant la relever.*

Madame, levez-vous.

GLICÉRIE.

Laissez-moi ; cet état convient à ma disgrâce.

CHRÉMÈS.

Madame, levez-vous, ou je quitte la place.

GLICÉRIE, *se relevant.*

Il faut vous obéir, puisque vous le voulez.

CHRÉMÈS.

Çà, de quoi s'agit-il ? Je vous entends, parlez.

GLICÉRIE, *hésitant.*

Pamphile, qui doit être aujourd'hui votre gendre...

CHRÉMÈS.

Eh bien ?

GLICÉRIE.

C'est mon époux.

CHRÉMÈS.

Que venez-vous m'apprendre ?

GLICÉRIE, *tirant de sa poche son contrat de mariage,*
et le lui présentant.

Tenez, lisez, voilà des gages de sa foi...

7.

(*Montrant Misis.*)

De plus, j'ai pour témoins les dieux. Misis et moi.
Vous, en qui je crois voir un protecteur, un père,
Ne m'abandonnez pas à toute ma misère.
En m'ôtant mon époux vous me donnez la mort.
Vous pouvez, d'un seul mot, faire changer mon sort.
C'est donc entre vos mains qu'aujourd'hui je confie
Mon repos, mon bonheur, ma fortune et ma vie.

CHRÉMÈS, *à part, en examinant le contrat.*

Que veut dire ceci?... Je tremble, et dans mon cœur
Un secret mouvement me parle en sa faveur.

SCÈNE XI.

DAVE, CHRÉMÈS, GLICÉRIE, MISIS.

DAVE, *à la cantonade.*

Eh! messieurs les nigauds! eh bien! c'est un homme ivre.
Pourquoi le harceler? Cessez de le poursuivre...

(*A Glicérie et à Misis, avec
une brusquerie feinte.*)

Peste soit des benêts!... Ah! mesdames, c'est vous?
Vous pourriez apporter du trouble parmi nous.
Détalez promptement. Vite, qu'on se retire.

GLICÉRIE, *à Misis.*

Misis, entendez-vous ce qu'il ose me dire?

MISIS, *à Dave.*

Songes-tu bien, pendard?...

DAVE, *l'interrompant.*

Ces cris sont superflus;
Rendez-moi ce contrat, et qu'on n'en parle plus.

MISIS, *à Glicérie.*

Il rêve, il extravague.

DAVE, *à Glicérie.*

Un pareil mariage
Est, vous le savez bien, un conte, un badinage,
D'ailleurs, vous gagnerez dans un tel changement.
Vous perdrez un époux, conservant un amant.
Pamphile vous verra sans crainte, sans mystère,
Lorsque...

CHRÉMÈS, *à part, après avoir examiné le contrat.*

Je m'embarquois dans une belle affaire !

DAVE, *avec une feinte surprise.*

Qu'entends-je ?

CHRÉMÈS, *à part.*

Ah ! juste ciel ! quel horrible malheur !

DAVE.

Je ne me trompe point !... Eh quoi ! c'est vous, monsieur ?
Mais que faites-vous donc avec cette Andrienne ?
Bon dieu ! de l'écouter vous donnez-vous la peine ?

GLICÉRIE.

Quoi ! toi-même, méchant ! pour séduire mon cœur...

DAVE, *l'interrompant.*

Que vient-elle conter ?

MISIS, *à Glicérie.*

Le fourbe ! l'imposteur !

DAVE, *à Chrémès.*

N'a-t-elle pas juré qu'elle étoit citoyenne ?

GLICÉRIE.

Oui, je le suis.

DAVE, *à Chrémès.*

Pour peu qu'elle vous entretienne,
Elle vous en dira de toutes les façons ;
Mais vous, prenez cela pour autant de chansons.

CHRÉMÈS, *montrant le contrat.*

Le contrat que voici n'est pas une chimère.

DAVE.

Il est vrai ; mais enfin ce n'est pas une affaire :
En deux heures, au plus, on casse tout cela.

CHRÉMÈS.

Mais qu'ai-je affaire, moi, de cet embarras-là ?

DAVE.

Vous imaginez-vous qu'elle soit citoyenne ?

CHRÉMÈS, *voulant rentrer chez Simon.*

Qu'elle le soit ou non, ma fille Philumène
N'aura point pour époux Pamphile ; et je m'en vais...

DAVE, *le retenant.*

Mais vous n'y songez pas ?

CHRÉMÈS.

Il ne l'aura jamais.

DAVE.

Ah ! monsieur...

CHRÉMÈS, *l'interrompant.*

C'en est trop.

DAVE.

Écoutez, je vous prie.

CHRÉMÈS, *voulant encore entrer chez Simon.*

Retire-toi, te dis-je ; et, sans cérémonie...

DAVE, *le retenant toujours.*

Quoi ! vous voulez encor ?

CHRÉMÈS.

Je veux ce qu'il me plaît.

DAVE.

Mais vous ne savez pas la chose comme elle est.

CHRÉMÈS.

Ah ! je n'en sais que trop.

DAVE.

Que je vous parle.

CHRÉMÈS, *levant son bâton et le menaçant.*

Arrête,

Ou bien de ce bâton je te casse la tête.

DAVE.

Tuez-moi.

CHRÉMÈS.

Ce maraud veut me pousser à bout.

DAVE.

Allez où vous voudrez, je vous suivrai partout.

(*Chrémès entre chez Simon, et Dave le suit.*)

SCÈNE XII.

GLICÉRIE, MISIS.

GLICÉRIE.

DE tous les malheureux, non, le plus misérable
N'a jamais éprouvé d'infortune semblable!...
Quoi! Misis, je me vois, et dans un même jour,
Trahir, persécuter, insulter tour à tour.
Au milieu de mes maux, j'ai souffert sans colère
La trahison du fils et l'injure du père;
J'ai demeuré muette à toutes mes douleurs :
Un esclave à présent me fait verser des pleurs.

SCÈNE XIII.

PAMPHILE, GLICÉRIE, MISIS.

PAMPHILE, *à part, et sans voir d'abord Glicérie
et Misis, et sans en être vu.*

Ah! fuyons... Puisque Dave a trompé mon attente,
C'est ma seule ressource, il faut que je la tente.

GLICÉRIE, *à part.*

Quel sort!

SCÈNE XIV.

DAVE, PAMPHILE, GLICÉRIE, MISIS.

DAVE, *à part.*

PUISQU'ENVERS nous le ciel est adouci,
Retournons, et voyons ce qui se passe ici.

PAMPHILE, *à Glicérie, en l'apercevant.*

Quoi ! c'est vous ?

GLICÉRIE

A mes yeux, ingrat ! peux-tu paroître !

MISIS, *à Dave, qu'elle aperçoit.*

Ah ! te voilà, bourreau !... Je t'étranglerai, traître !

GLICÉRIE. *à Pamphile.*

Lâche !

PAMPHILE.

Qu'injustement vous soupçonnez mon cœur !

MISIS, *à Dave.*

O chien !

DAVE.

Moi, qui deviens votre libérateur ?

GLICÉRIE, *à Pamphile.*

Va, monstre !

PAMPHILE.

Y songez-vous, ma chère Glicérie ?

MISIS, *à Dave.*

Je te veux...

DAVE, *à Misis, qui se veut jeter sur lui.*

Arrêtez, madame la furie !

Nous n'avons pas le temps de quereller en vain.
Remettons, s'il vous plaît, les procès à demain...

(*A Pamphile et à Glicérie.*)

Pour vous servir tous deux, j'ai fait une imposture...

(*A Pamphile.*)

J'ai dit que vous étiez un ingrat, un parjure...

(*Montrant Glicérte.*)

Devant Chrémès aussi je viens de l'insulter :

La fourbe sans cela ne pouvoit subsister.

MISIS.

Maraud ! tu nous as fait une frayeur mortelle.

DAVE.

La chose en a paru beaucoup plus naturelle.

Chacun de vous a fait son rôle, mais fort bien,

Et je crois que l'on doit être content du mien.

Après bien des travaux, des soins et de la peine,

Je crois que nous aurons le temps de prendre haleine.

PAMPHILE.

Ah ! Dave !...

DAVE.

Les discours ne sont pas de saison....

Rentrons tous : vous saurez le reste à la maison.

FIN DU QUATRIÈME ACTE

ACTE CINQUIÈME.

SCÈNE I.

CHRÉMÈS, SIMON.

CHRÉMÈS.

Mon amitié, Simon, et solide et sincere,
En a fait beaucoup plus qu'il n'étoit nécessaire.
Pour le bien de ma fille, enfin, graces aux dieux,
Le hasard assez tôt m'a fait ouvrir les yeux.
Ne me parlez donc plus d'hymen, de votre vie.

SIMON.

Je ne cesserai point. Chrémès, je vous supplie
De conclure au plus tôt ; vous me l'avez promis.

CHRÉMÈS.

En vérité, monsieur, cela n'est pas permis.
A l'injuste désir, au soin qui vous possède,
Aveuglément soumis, il faudra que je cède ?
Sous les dehors trompeurs d'une vaine amitié,
Vous viendrez m'égorger, sans égards, sans pitié ?
Allez, pensez-y mieux. L'amitié qui nous lie
De moi n'exige point une telle folie.

SIMON.

Eh ! comment donc ?

CHRÉMÈS.

Cela se peut-il demander ?
A vos empressements obligé de céder,

Je prenois pour mon gendre (oh le beau mariage!)
Un homme que l'on sait qu'un autre amour engage,
Et j'exposois ma fille à toutes les douleurs,
Aux troubles, au divorce, à mille autres malheurs;
Et voulant retirer votre fils de l'abime,
Ma fille en devenoit l'innocente victime.
A la chose, en un mot, je n'ai point résisté
Tant que j'ai cru la voir par un certain côté.
Je vous ai tout promis quand elle étoit faisable;
Mais, enfin, aujourd'hui qu'elle est impraticable,
Ne perdez plus le temps en propos superflus.
C'est trop; épargnez-vous la honte d'un refus.
Cette femme, bien plus, est, dit-on, citoyenne.

SIMON.

Est-ce là, dites-moi, ce qui vous met en peine?
Quoi! vous arrêtez-vous à de pareils discours?
De ces sortes de gens voilà tous les détours.
Elles ont inventé cette fourbe, et bien d'autres,
Pour rompre absolument mes desseins et les vôtres;
Si Philumène étoit liée avec mon fils,
Tous ces contes en l'air seroient bientôt finis.

CHRÉMÈS.

Il a, vous le savez, épousé Glicérie?

SIMON.

Ah! ne le croyez pas, monsieur, je vous en prie.

CHRÉMÈS.

Mais, j'ai vu le contrat.

SIMON.

Vision!

CHRÉMÈS.

Je l'ai vu.

SIMON.

Cela ne se peut point ; elles vous ont déçu.

CHRÉMÈS.

J'ai bien vu plus encor. Tantôt cette Andrienne
A Dave soutenoit qu'elle étoit citoyenne :
Ils se sont querellés ; mais, vraiment, tout de bon !

SIMON.

Chanson que tout cela, mon cher Chrémès, chanson !

SCÈNE II.

DAVE, sortant de chez Glicérie ; CHRÉMÈS,
SIMON.

DAVE, à la cantonade, sans voir d'abord Simon,
ni Chrémès.

Soyez tous en repos, allez, je vous l'ordonne.

CHRÉMÈS, bas, à Simon.

Dave sort de chez elle.

SIMON, bas.

Ah ! bons dieux !

CHRÉMÈS, bas.

Je m'étonne...

DAVE, à la cantonade.

Et bénissez les dieux, cet étranger et moi.

SIMON, bas, à Chrémès.

Je ne puis vous cacher mon trouble et mon effroi.

DAVE, à la cantonade.

Jamais homme ne vint plus à propos, je meure !

SIMON, bas, à Chrémès.

Qui vante-t-il si fort ? Sachons-le tout-à-l'heure.

DAVE, à la cantonade.

Entre leurs jours heureux qu'ils comptent celui-ci

SIMON, *bas, à Chrémès.*

Je m'en vais lui parler.

DAVE, *à part, en apercevant Simon et Chrémès.*

C'est mon maître, c'est lui :
Il m'aura vu sortir... Dans quelle peine extrême...

SIMON, *l'interrompant.*

C'est vous, le beau garçon ?

DAVE.

Oui, monsieur, c'est moi-même..
Voilà Chrémès encore, et je vous vois aussi.
Je me réjouis fort de vous trouver ici...

(*Montrant la maison de Simon.*)

Tout est prêt là-dedans ?

SIMON.

Tu t'en mets fort en peine !

DAVE.

Dans tous les environs, monsieur, je me promène.
Mais, à la fin, lassé d'aller et de venir,
J'attendois... Entrez donc. Ne va-t-on pas finir ?

SIMON.

Va, va, nous finirons. Mais, dis-moi, par avance...

DAVE, *l'interrompant.*

En vérité, monsieur, j'en meurs d'impatience !

SIMON.

Réponds-moi sur-le-champ ; point de digression.

(*Montrant la maison où loge Glicérie.*)

Tu sors de ce logis ? A quelle occasion ?

DAVE.

Moi ?

SIMON.

Toi.

DAVE.

Moi ?

SIMON.

Toi, toi, toi... Voilà bien du mystère !

DAVE.

Je n'y fais que d'entrer.

SIMON.

Ce n'est pas là l'affaire ;
Le temps ne nous fait rien. Je veux savoir pourquoi
Tu vas dans ce logis. Sans tarder, dis-le moi.

DAVE.

Mais, moi-même, monsieur, j'ai peine à le comprendre.

SIMON.

Eh bien ?

DAVE.

Nous étions las et fatigués d'attendre.

SIMON.

Qui ?

DAVE.

Votre fils et moi.

SIMON.

Pamphile est là-dedans ?

DAVE.

Nous y sommes entrés, tous deux, en même temps.

SIMON.

(A part.)

Que me dit ce maraud ?... Ah ! juste ciel ! je tremble !
(A Dave.)

Ne m'avois-tu pas dit qu'ils étoient mal ensemble ?

DAVE.

Je vous le dis encore.

SIMON.

Eh ! pourquoi donc cela ?

CHRÉMÈS, *ironiquement.*

C'est pour la quereller, sans doute, qu'il y va ?

DAVE, *à Simon.*

Vous ne savez pas tout : et je vais vous apprendre
Une chose qui doit, sans doute, vous surprendre.
Il arrive, à l'instant, je ne sais quel vieillard,
Dont le port, la fierté, l'action, le regard
Nous l'ont fait croire à tous un homme d'importance.
Il a beaucoup d'esprit, n'a pas moins d'éloquence,
Et dans tous ses discours brille la bonne foi.

SIMON, *à part.*

Il me fera tourner la cervelle, je croi....

(*A Dave.*)

Mais, enfin, ce vieillard que tout le monde admire,
Que fait-il ?

DAVE.

Rien. Il dit ce que je vais vous dire.

SIMON.

Dis-le nous donc.

DAVE.

Monsieur, il jure par les dieux...

SIMON, *l'interrompant.*

Eh ! laisse-le jurer ; achève, malheureux !

DAVE, *hésitant.*

Mais...

SIMON.

Si tu ne finis....

DAVE, *l'interrompant.*

Il dit que Glicérie

8.

Doit retrouver ici ses parents, sa patrie,
Et qu'elle est citoyenne, enfin.

SIMON.

Ah! le fripon!...

(*Appelant.*)
Holà! Dromon!

DAVE.

Eh quoi?

SIMON, *appelant encore.*

Dromon! Dromon! Dromon!

DAVE.

Écoutez.

SIMON.

(*Appelant.*)
Pas un mot ... Dromon, Dromon... Ah! traître!

DAVE.

Eh! de grâce, monsieur...

SIMON, *l'interrompant.*

Je te ferai connoître...

SCÈNE III.

DROMON, SIMON, CHREMÈS, DAVE.

DROMON, *à Simon.*

QUE vous plaît-il, monsieur?

SIMON, *lui montrant Dave.*

Enlève ce faquin.

DROMON.

Qui donc?

SIMON.

Ce malheureux, ce pendard, ce coquin!

DAVE.

La raison ?

SIMON.

(A Dromon.)

Je le veux... Prends-le tout au plus vite.

DAVE.

Qu'ai-je fait, s'il vous plaît ?

SIMON.

Tu le sauras ensuite.

DAVE.

Si je vous ai menti, qu'on m'étrangle !

SIMON.

Maraud !

Je suis sourd ; tu seras secoué comme il faut.

DAVE.

Et si ce que j'ai dit se trouve véritable ?

SIMON, *à Dromon.*

Garde et serre-moi bien cette engeance du diable,
Pieds et poings garottés.

DAVE.

Mon cher maître, pardon !

SIMON.

Va, va, je t'apprendrai si je le suis ou non.

(Dromon emmène Dave.)

SCÈNE IV.

SIMON, CHRÉMÈS.

SIMON.

Et pour monsieur mon fils, dans peu de temps, j'espère
Que je lui montrerai ce qu'on doit à son père.

CHRÉMÈS.

Modérez vos transports ; un peu moins de courroux.

SIMON.

En use-t-on ainsi ? Je m'en rapporte à vous.
Pour savoir, pour sentir mon affreuse disgrâce,
Hélas ! il faudroit être un moment à ma place ;
Tant de peines, de soins, d'égards et d'amitié !
De mon sort malheureux n'avez-vous point pitié ?...

    (*Appelant.*)

Holà ! Pamphile, holà !... Pamphile, holà ! Pamphile !..

    (*A Chrémès.*)

Tant d'éducation lui devient inutile.

SCÈNE V.

PAMPHILE, SIMON, CHRÉMÈS.

PAMPHILE, *à part, sans voir d'abord son père, et sans*
avoir reconnu que c'étoit lui qui l'appeloit.

POURQUOI donc tant crier ? Qui m'appelle si fort ?

    (*Apercevant son père.*)

Que me veut-on ?.. Mon père !.. Ah ! bons dieux ! je suis mort.

SIMON.

Eh bien ! le plus méchant...

CHRÉMÈS, *l'interrompant.*

        Mon cher Simon, de grâce,
N'employez point ici l'injure et la menace.

SIMON.

Eh quoi ! me faudra-t-il dans ces occasions
Chercher, choisir des mots et des expressions ?

    (*A Pamphile.*)

En est-il d'assez forts ?... Enfin, ton Andrienne,
Qu'en dit-on à présent ? Est-elle citoyenne ?

PAMPHILE.

On le dit.

SIMON.

Juste ciel ! quelle audace !... On le dit ?

(*A Chrémès.*)

Eh quoi ! le malheureux a-il perdu l'esprit ?
S'excuse-t-il enfin ? Voit-on sur son visage
D'un léger repentir le moindre témoignage ?
Malgré les lois, les mœurs, contre ma volonté,
Il aura l'insolence et la témérité
D'épouser avec honte une femme étrangère ?

PAMPHILE, *à part.*

Que je suis malheureux !

SIMON.

Vous ne pouvez le taire.
Mais est-ce d'aujourd'hui que vous le connoissez :
Vous l'êtes, dès long-temps, plus que vous ne pensez.
Dès lors que votre cœur s'est plongé dans le vice,
Qu'il n'a plus écouté qu'un aveugle caprice,
Dès ce temps, dès ce temps, Pamphile, vous deviez
Vous donner tous les noms qu'alors vous méritiez...

(*A Chrémès.*)

Mais pourquoi vainement travailler ma vieillesse ?
Pourquoi pour un ingrat me tourmenter sans cesse ?
Qu'il s'en aille, qu'il vive avec elle ; il le peut.
Il faut abandonner un fils lorsqu'il le veut.

PAMPHILE.

Mon père !

SIMON.

Votre père ?... Ah ! ce père, Pamphile,
Ce père désormais vous devient inutile.

Vous vous êtes choisi vous-même une maison;
Vous avez pris vous-même une femme. A quoi bon
Proférez-vous encor ce sacré nom de père,
Vous qui n'avez plus d'yeux que pour cette étrangère;
Vous qui prenez le soin, contre la bonne foi,
D'aposter un témoin pour agir contre moi?
Qu'il nous montre comment il la croit citoyenne.

PAMPHILE.

Mon père, un seul moment, que je vous entretienne

SIMON, à *Chrémès*.

Eh! que me dira-t-il?

CHRÉMÈS.

Écoutez; il faut voir.

SIMON.

Que j'écoute?

CHRÉMÈS.

Monsieur, c'est le moindre devoir.

SIMON.

Par de trompeurs discours pense-t-il me surprendre?

CHRÉMÈS.

Mais pour le condamner, au moins faut-il l'entendre.

SIMON.

Eh bien! soit; j'y consens, qu'il parle promptement.

PAMPHILE.

J'avoûrai donc, mon père, et sans déguisement,
Dussé-je être cent fois plus malheureux encore,
Qu'après vous Glicérie est tout ce que j'adore:
Et si le crime est grand d'adorer ses appas,
C'est un crime qu'au moins je ne vous cache pas.
Après cela, parlez; je n'ai plus rien à dire:
Ordonnez, à vos lois je suis prêt à souscrire.

Malgré des feux enfin dès long-temps allumés.
Brisez les plus beaux nœuds que l'amour ait formés.
Je suis près, s'il le faut, d'en épouser une autre ;
Je n'ai de volonté, mon père, que la vôtre.
Mais une grâce encor que j'ose demander,
Ne la refusez pas, daignez me l'accorder.
Pour détruire un soupçon que ce vieillard fait naître,
Permettez qu'à vos yeux on le fasse paroitre.

SIMON.

Qu'il paroisse à mes yeux ?

PAMPHILE.

Mon père, s'il vous plait.

CHRÉMÈS, à Simon.

Ce qu'il demande est juste, et pour son intérêt
Il doit...

PAMPHILE, à Simon.

Accordez-moi cette dernière grâce.

SIMON.

Qu'il vienne.
(Pamphile va dans la maison où sont Criton et Glicérie.)

SCÈNE VI.

SIMON, CHRÉMÈS.

SIMON.

Je fais tout ce qu'il veut que je fasse ;
Pourvu que je sois sûr qu'il ne me trompe pas !

CHRÉMÈS.

Monsieur, il faut surtout éviter les éclats :
Et plus la faute est grande, et plus on doit se taire.
Punir légèrement, c'est assez pour un père.

SCÈNE VII.

CRITON, PAMPHILE, SIMON, CHRÉMÈS.

CRITON, *à Pamphile.*

GLICÉRIE, en un mot, ou plutôt l'équité,
M'oblige à soutenir la simple vérité.

CHRÉMÈS, *à Criton, en le reconnoissant, avec*
surprise.

N'est-ce pas là Criton d'Andros?

CRITON.

Oui, c'est lui-même.

CHRÉMÈS.

Quel plaisir de vous voir!

CRITON.

Ah! ma joie est extrême.

CHRÉMÈS.

Mais dans Athènes, vous, quel hasard vous conduit?

CRITON.

Plus à loisir, monsieur, vous en serez instruit...
(*Montrant Simon.*)
N'est-ce pas là Simon, le père de Pamphile?

CHRÉMÈS.

C'est lui-même.

SIMON, *à Criton.*

Le bruit qu'on répand dans la ville
Partiroit-il de vous, en seriez-vous l'auteur?

CRITON.

Je ne sais pas quel bruit il court ici, monsieur.

SIMON.

Quoi! n'avez-vous pas dit que cette Glicérie
Est citoyenne?

CRITON.

Oui, j'en réponds, sur ma vie !

SIMON.

Arrivez-vous exprès pour soutenir ceci ?

CRITON.

Comment donc ! eh ! pour qui me prenez-vous ici ?

SIMON.

Vous imaginez-vous que, sans bruit, sans murmure,
On laissera passer une telle imposture ?
Qu'il vous sera permis d'employer vos talents
A corrompre l'esprit, les mœurs des jeunes gens,
Sous le flatteur espoir d'une fausse promesse ?

CRITON

Juste ciel ! est-ce à moi que ce discours s'adresse ?

SIMON.

Et vous figurez-vous qu'un mariage heureux
Soit le terme et le prix d'un amour si honteux ?

PAMPHILE, à part.

Grands dieux ! cet étranger aura-t-il le courage ?...

CHRÉMÈS, à Simon.

Vous changeriez bientôt de ton et de langage,
Si vous le connoissiez. Il est homme de bien ;
Tout le monde le sait.

SIMON.

Et moi, je n'en crois rien.
Quoi donc ! impunément ose-t-il dans Athènes
Renverser nos desseins et rire de nos peines ?
A de semblables gens peut-on ajouter foi ?

PAMPHILE, à part.

Ah ! si cet étranger étoit proche de moi,
J'aurois à lui donner un conseil admirable.

SIMON, *à Criton.*

Affronteur !

CRITON.

Écoutez...

CHRÉMÈS, *à Simon.*

Êtes-vous raisonnable ?...

(*A Criton.*)

Ne vous attachez point à ce qu'il dit, Criton.
La colère l'aveugle et trouble sa raison.

CRITON.

Et moi, je lui dirai, s'il n'apprend à se taire,
Des choses sûrement qui ne lui plairont guère.
S'il a tant de chagrins, qu'il accuse le sort.
Mais de s'en prendre à moi, certes il a grand tort.
Je n'ai rien dit de faux : c'est ici la patrie
De celle que l'on nomme aujourd'hui Glicérie ;
Et je puis le prouver, et même en quatre mots.

CHRÉMÈS.

Faites-le donc, monsieur.

CRITON.

Assez proche d'Andros,
Un vieux Athénien tourmenté par l'orage...

SIMON, *l'interrompant.*

Ce vieux Athénien, sans doute, fit naufrage ?
C'est le commencement d'un roman : écoutons.

CRITON.

Je ne dirai plus mot.

CHRÉMÈS.

De grâce ! poursuivons.

CRITON.

Ce vieux Athénien et cette jeune fille
Du père de Chrysis, de toute sa famille,

Reçurent les secours qu'on doit aux malheureux.
L'Athénien mourut, l'enfant resta chez eux.

CHRÉMÈS.

De cet Athénien le nom?

CRITON.

Le nom? Phanie.

CHRÉMÈS.

Ah dieux!

CRITON.

Oui, c'est son nom.

CHRÉMÈS.

Que j'ai l'âme saisie!

CRITON.

Bien plus, il se disoit, je crois, Rhamnusien.

CHRÉMÈS.

O ciel!

CRITON.

Ce que je dis, tout Andros le sait bien.

CHRÉMÈS.

De cette fille, enfin, se disoit-il le père?

CRITON.

Il disoit que c'étoit la fille de son frère.

CHRÉMÈS.

C'est ma fille; c'est elle! enfin donc, la voilà!...
(A part.)
Ah! Jupiter!

SIMON.

Comment! que me dites-vous là?

PAMPHILE.

En croirai-je mes yeux, mon cœur et mon oreille?

SIMON, à part.

Je ne sais si je dors, je ne sais si je veille...

(*A Chrémès.*)

Mais éclaircissez-nous, faites-nous concevoir...

CHNÉMÈS, *l'interrompant.*

En un instant, monsieur, vous allez tout savoir.
Phanie...

(*Il hésite.*)

SIMON.

Eh bien! Phanie?

CHNÉMÈS.

Eh bien! c'étoit mon frère,
Qui, cherchant un destin à ses vœux moins contraire,
S'embarqua pour aller en Asie, où j'étois,
Prit ma fille avec lui, comme je souhaitois;
Et depuis en voici la première nouvelle:
Je n'ai plus entendu parler de lui ni d'elle.

PAMPHILE, *à part.*

Je ne puis revenir de mon étonnement.
Les dieux changeroient-ils mon sort en un moment?

CHRÉMÈS, *à Criton.*

Ce n'est pas encor tout; il me reste un scrupule.
Le nom ne convient pas...

CRITON, *l'interrompant.*

Attendez...

PAMPHILE, *l'interrompant à son tour.*

Pasibule.

Je ne puis plus long-temps demeurer aux abois;
Elle m'a dit ce nom plus de cent mille fois.

CRITON.

Justement, le voilà!

CHRÉMÈS.

Mon cher Criton, c'est elle.

SIMON.

Vous voulez bien, monsieur, que, plein du même zèle,
Plus content, plus surpris qu'on ne sauroit penser...

CHRÉMÈS, à Criton.

Allons, Criton, allons la voir et l'embrasser...

(A Simon.)

Monsieur, un long discours me feroit trop attendre.
Je vous donne une bru, vous me donnez un gendre :
Il suffit.

(Chrémès et Criton entrent dans la maison où est
Glicérie.)

SCÈNE VIII.

PAMPHILE, SIMON.

PAMPHILE, se jetant aux pieds de son père.

Mon cher père !

SIMON, le relevant.

Ah ! mon fils, levez-vous,
Et bénissez les dieux qui travaillent pour nous.

PAMPHILE.

Mais Dave ne vient point.

SIMON.

Une importante affaire
Le retient.

PAMPHILE.

Eh ! quoi donc ?

SIMON.

Il est lié.

PAMPHILE.

Mon père !...

9

SIMON, *l'interrompant.*

Je vais à la maison; mais calmez vos transports.

PAMPHILE.

Mon père, j'y ferois d'inutiles efforts.

(*Simon rentre chez lui.*)

SCÈNE IX.

CARIN, PAMPHILE.

PAMPHILE, *à part, et sans voir Carin qui paroît.*

Non, les dieux tout-puissants, dans leur gloire suprême,
N'ont rien de comparable à mon bonheur extrême.

CARIN, *à part.*

Tout succéderoit-il au gré de nos désirs?

PAMPHILE, *à part.*

A qui pourrai-je donc annoncer mes plaisirs?

CARIN.

Mais, dites-moi, d'où part une si grande joie?

PAMPHILE, *à part, sans écouter Carin et en voyant
paroître Dave.*

Voici Dave, à propos, que le ciel me renvoie:
Je sais combien pour moi son zèle et son ardeur
Lui feront partager ma joie et mon bonheur.

SCÈNE X.

DAVE, PAMPHILE, CARIN.

PAMPHILE, *à Dave.*

Dave, je t'affranchis.

DAVE.

Monsieur, je vous rends grâce.

PAMPHILE.

D'un injuste destin je brave la menace:
Ignores-tu le bien qui vient de m'arriver?

DAVE.

Ignorez-vous le mal que je viens d'éprouver?

PAMPHILE.

Je le sais, mon enfant.

DAVE.

Monsieur, c'est l'ordinaire :
Le mal se sait d'abord; du bien on fait mystère.

PAMPHILE.

Ma chère Glicérie a trouvé ses parents.

DAVE.

Que dites-vous?

PAMPHILE.

Je suis dans des ravissements....
Son père est mon ami.... Chrémès!

DAVE.

Est-il possible?

CARIN, à Pamphile.

Que je vous marque, au moins, combien je suis sensible.

PAMPHILE, l'interrompant.

Vous ne pouviez venir plus à propos, monsieur.
Partagez mes plaisirs, partagez mon bonheur.

CARIN.

Je sais tout. Maintenant....

PAMPHILE, l'interrompant.

Soyez en assurance :
Je ne vous donne point une vaine espérance.

CARIN.

Hélas! si vous pouviez....

PAMPHILE, *l'interrompant.*

               Tous les dieux sont pour moi...

                       (*A Dave.*)

Allons chez Glicérie, et nous verrons.... Pour toi,
Va-t-en dans le logis, et reviens pour me dire
Si tout est prêt, et quand je pourrai l'y conduire.
        (*Il entre chez Glicerie avec Carin.*)

SCÈNE XI.

DAVE, *seul.*

Pour vous, messieurs, je crois (et soit dit entre nous)
Qu'à présent vous pouvez aller chacun chez vous.
Ils auront là-dedans beaucoup plus d'une affaire,
Des contrats à passer, mille contes à faire :
Ils ne sortiront pas, j'en réponds, de long-temps ;
Faites donc retentir vos applaudissements.

FIN DE L'ANDRIENNE.

LA FAMILLE

EXTRAVAGANTE,

COMÉDIE,

PAR LEGRAND,

Représentée, pour la première fois, le 7 juin
1709.

PERSONNAGES.

PIÉTREMINE, procureur, tuteur et amoureux d'Élise.

CLÉON, amant d'Élise.

BAZOCHE, clerc de Piétremine.

SAINT-GERMAIN, valet de Cléon.

MADAME RISSOLÉ, mère de Piétremine, amoureuse de Cléon.

LUCRÈCE, sœur de Piétremine, amoureuse de Cléon.

SUZON, fille de Piétremine, amoureuse de Cléon.

ÉLISE, amante de Cléon.

LISETTE, servante de Piétremine.

La scène est à Paris, dans la maison de Piétremine.

LA FAMILLE
EXTRAVAGANTE,
COMÉDIE.

~~~~~~

SCÈNE I.

LISETTE, *seule.*

ME voici seule enfin, parlons un peu raison.
Cléon et son valet sont dans cette maison
Cachés depuis hier, et par mon assistance :
Si notre maître en a la moindre connoissance,
Je suis perdue ; aussi je suis riche à jamais.
Si de Cléon je fais réussir les projets.
Il ne contente pas par de vaines paroles ;
Il nous a consigné déja cinq cents pistoles :
Et s'il enlève Élise à notre procureur,
Je puis bien m'assurer qu'il fera mon bonheur.
Il faut gagner le clerc, il fera cette affaire :
Mille écus bien comptant et l'espoir de me plaire
Me répondent de lui. Voici ce dont j'ai peur :
Le procureur céans a sa mère, sa sœur,
Et sa fille ; elles sont sans cesse à leur fenêtre.
Déja plus d'une fois voyant Cléon paroitre,
Elles m'ont demandé (mais chacune en secret)
Quel étoit ce monsieur si charmant, si bien fait,
Qui passoit si souvent. Elles en sont charmées,
Et sont folles assez pour croire en être aimées.
Les voici toutes trois avec le procureur,
Tâchons de pénétrer jusqu'au fond de leur cœur.

SCÈNE II.

MADAME RISSOLÉ, PIÉTREMINE, LUCRÈCE, SUZON, LISETTE.

PIÉTREMINE.

MA mère, finissez vos proverbes des halles,
Sentences du vieux temps, fades et triviales :
On n'entend que cela dans toute la maison,
Et ma fille et ma sœur les mettent en chanson :
Jour et nuit l'une et l'autre à composer s'applique
De pitoyables vers, de mauvaise musique...

MADAME RISSOLÉ.

Soit, vous n'entendrez plus proverbes ni chansons,
Mais revenons un peu, de grâce, à nos moutons.
Ce sont vos actions et non pas mon langage
Qu'il vous faut condamner. Ce second mariage...

PIÉTREMINE.

Eh bien ! j'adore Elise, et prétends l'épouser ;
Vos proverbes en vain s'y voudroient opposer.
Élise est ma pupille ; étant sous ma tutelle,
Ma mère, en ma faveur je veux disposer d'elle.

LUCRÈCE.

Entendez-nous.

PIÉTREMINE.

Ma sœur, j'en ai trop entendu.

SUZON

Mais, mon père...

PIÉTREMINE.

Ma fille, autant de temps perdu.

MADAME RISSOLÉ.

Vous devez avant tout pourvoir votre famille ;
Mariez votre sœur, mariez votre fille.

PIÉTREMINE.

Et votre mère aussi, n'est-ce pas ?

MADAME RISSOLÉ.

Pourquoi non ?

Et, sans tous les caquets et le qu'en dira-t-on...
Un jeune homme... suffit.

PIÉTREMINE.

A votre âge, ma mère !

MADAME RISSOLÉ.

Suis-je si décrépite et hors d'état de plaire ?

PIÉTREMINE.

Non pas ; mais...

MADAME RISSOLÉ.

Rira bien qui rira le dernier.

Vous n'avez qu'à toujours demain vous marier,
Je vous suivrai de près.

LUCRÈCE.

Je ne tarderai guère

A me pourvoir aussi.

PIÉTREMINE.

Vous, ma sœur ?

LUCRÈCE.

Oui, mon frère.

PIÉTREMINE.

A l'amour jusqu'ici vous aviez résisté.

LUCRÈCE.

Il ne faut qu'un moment.

SUZON.

Pour moi, de mon côté,

Je suivrai leur exemple.

PIÉTREMINE.

Oh ! ce n'est pas de même.

SUZON.

Pardonnez-moi, mon père; et déja quelqu'un m'aime,
Que j'aime aussi.

PIÉTREMINE.

Comment! chacune a donc le sien?

LISETTE.

On veut vous imiter.

PIÉTREMINE.

Je l'empêcherai bien.

MADAME RISSOLÉ.

Mariez-vous, vous dis-je, et puis laissez-nous faire.

PIÉTREMINE.

Oh morbleu! ces discours me mettent en colère :
Je sens monter ma bile. il vaut mieux m'en aller.

SCÈNE III.

MADAME RISSOLÉ, LUCRÈCE, SUZON, LISETTE.

LISETTE.

Il est si transporté qu'il ne sauroit parler :
Au désespoir, au moins, vous allez le réduire.

MADAME RISSOLÉ.

La chose est maintenant au point où je désire.
J'aurois donné sujet à chacun de crier,
D'aller de but en blanc ainsi me marier;
Il m'en fournit enfin un prétexte valable :
On dira que voyant mon fils déraisonnable,
J'ai voulu le punir. Cependant, c'est l'amour,
Mes enfants, qui m'occupe et la nuit et le jour.

LISETTE.

Et qui donc aimez-vous?

SCÈNE III

MADAME RISSOLÉ.

Tu le sais bien, Lisette :
Mais n'en dis rien, au moins.

LISETTE.

Allez, je suis discrète.

(*A Lucrèce.*)
Et vous ?

LUCRÈCE.

Tu le sais bien aussi.

LISETTE.

Je m'en souviens,
Et cet amant souvent a fait nos entretiens.
(*A Suzon.*)
Quant à vous, c'est celui qui, l'autre jour...

SUZON.

Lui-même ;
Celui que je t'ai dit.

LISETTE.

Vous aimez, on vous aime.
Mais cet amour encor n'a parlé que des yeux.

LUCRÈCE.

O contrainte cruelle !

MADAME RISSOLÉ.

O langage ennuyeux !

LUCRÈCE.

Très ennuyeux, sans doute ; et c'est le seul langage
Que dans cette maison l'on peut mettre en usage :
On n'en sort point. Mon frère est brutal ; un amant
Ne veut point essuyer un mauvais compliment,
Ne parler que des yeux !

SUZON.

Oh ! je fais davantage.

Mon amant a trouvé le plus joli langage...
Les soirs, sous ma fenêtre, il demeure arrêté;
Il tousse, il éternue.

LISETTE.

Eh bien?

SUZON.

De mon côté,

Je tousse et j'éternue aussi.

LISETTE.

Belle manière

De se faire l'amour!

SUZON.

Toute la nuit entière...
Mais mon père revient.

MADAME RISSOLÉ.

Allons, montons là haut,
Mes enfants; nous prendrons les mesures qu'il faut.

SCÈNE IV.

LISETTE, *seule.*

JE ne me trompois point, chacune croit qu'on l'aime;
Et, sans en rien savoir, elles aiment le même.
Cet amant prétendu qui leur parle des yeux,
C'est Cléon, qui rôdoit toujours près de ces lieux,
Dans l'espoir seul d'y voir Élise à sa fenêtre.
Comme en divers moments elles l'ont vu paroître,
Chacune a pris pour soi les signaux amoureux
Que Cléon ne faisoit qu'à l'objet de ses vœux.

SCÈNE V.

PIÉTREMINE, LISETTE.

PIÉTREMINE.

LISETTE, sais-tu bien que ma famille est folle?

LISETTE.

Elle est bien amoureuse, au moins.

PIÉTREMINE.

Cela désole :
Parce que j'aime, il faut que chacun aime ici !
Je me marie, on veut se marier aussi !
Je m'en moque, et je fais ce soir mes fiançailles.

LISETTE.

Et, sans doute, demain, monsieur, les épousailles ?

PIÉTREMINE.

Et de très grand matin. Que j'ai bien eu raison
De tenir renfermée Élise en ma maison !
Ne voyant que moi d'homme, elle a perdu l'idée
De Cléon, dont ailleurs elle étoit obsédée.

LISETTE.

Quel est-il ce Cléon ?

PIÉTREMINE.

Je ne l'ai jamais vu ;
Feu son père, pourtant, m'étoit assez connu
Mais cela ne fait rien à la présente affaire ;
Pour la hâter, mon clerc, jadis clerc de notaire,
Dresse notre contrat.

LISETTE

Il se mêle de tout,
Votre clerc.

PIÉTREMINE.

Il n'est rien dont il ne vienne à bout.
C'est le plus habile homme!...

LISETTE.

Ah! pour habile, passe;
Mais pour homme, il n'en a, tout au plus, que la face;
C'est un nain : cependant il a bien quarante ans.

PIÉTREMINE.

Quel qu'il soit, je suis fort content de ses talents.

LISETTE.

Laissons cela : parlons du festin, de la danse.

PIÉTREMINE.

Oh! tout est commandé, même payé d'avance.
Cela me coûte un peu ; mais j'ai plusieurs procès,
Où je redoublerai le mémoire des frais ;
C'est de l'argent qui doit retourner dans ma poche.
Et mon clerc.... Mais il vient.

SCÈNE VI.

PIÉTREMINE, BAZOCHE, LISETTE.

PIÉTREMINE.

Bon jour, monsieur Bazoche.

BAZOCHE.

Serviteur.

PIÉTREMINE.

Laisse-nous, Lisette.

LISETTE.

J'entends bien.

(À part.)
Écoutons quel sera pourtant leur entretien.
(Elle écoute derrière.)

PIÉTREMINE.

Eh bien ! tout est-il prêt ? avez-vous mis les clauses
Comme je souhaitois ?

BAZOCHE.

J'ai bien mis d'autres choses :
Au contrat que j'ai fait, vous ne reconnoissez
Que le quart des grands biens d'Élise.

PIÉTREMINE.

C'est assez ;
Et ce contrat est-il à l'autre tout semblable ?

BAZOCHE.

On ne peut distinguer le faux du véritable ;
Le notaire tantôt n'y reconnoîtra rien.

PIÉTREMINE.

Vous êtes assuré de l'escamoter bien ?

BAZOCHE.

Si j'en suis assuré ? laissez, laissez-moi faire :
J'ai bien fait d'autres tours étant clerc de notaire.

PIÉTREMINE.

Vous aurez cent louis, comme je vous ai dit ;
Les voilà bien comptés.

BAZOCHE.

Monsieur, cela suffit.

PIÉTREMINE.

Adieu.

BAZOCHE, *allant après lui.*

Mais cependant, si pour plus d'assurance,
Et pour m'encourager, vous les donniez d'avance ;
Des scrupules souvent me prennent.

PIÉTREMINE.

Les voilà ;
Et rejetez bien loin tous ces scrupules-là.

BAZOCHE, *mettant la bourse dans sa poche.*
Ils sont passés.

PIÉTREMINE.
Je vais amener le notaire;
Tenez les contrats prêts, je ne tarderai guère.

SCÈNE VII.

BAZOCHE, LISETTE.

BAZOCHE, *à part.*
VOILÀ ma conscience à présent en repos.

LISETTE.
Peut-on avoir l'honneur de vous dire deux mots?

BAZOCHE.
Plutôt quatre : tu sais que ma joie est extrême
Lorsque je t'entretiens, et que toujours je t'aime.

LISETTE.
Si vous m'aimez, voici le temps de l'éprouver.
Il faut.... Mais je ne sais si je dois achever.

BAZOCHE.
Parle. Est-ce la pudeur qui te ferme la bouche?
Te repentirois-tu d'avoir été farouche?
Et l'amour m'auroit-il vengé de ta froideur?
Ne t'auroit-il point fait quelque blessure au cœur?
Je suis bon médecin, et je t'offre mon aide.

LISETTE.
Oui, vous êtes d'amour, je pense, un vrai remède;
Et je m'en servirai quand j'en aurai besoin.
Maintenant je vous veux charger d'un autre soin.
Vous avez cent louis.

BAZOCHE.
Oh! oh!

LISETTE.

Seriez-vous homme

A les quitter?

BAZOCHE.

Non pas.

LISETTE.

Mais pour prendre une somme

Un peu plus forte.

BAZOCHE.

Ah! bon : à cela je consens.

LISETTE.

Au lieu de cent louis, toucher trois mille francs,
Cela vous plairoit-il?

BAZOCHE.

Très fort; et pourquoi faire?

LISETTE.

Vous le saurez. D'ailleurs vous cherchez à me plaire,
Et vous me plairez fort si vous faites cela :
Mais il faut me jurer....

BAZOCHE.

J'en jure; touche là :
Il n'est rien que pour toi je ne puisse entreprendre.
Faut-il nuire, obliger? faut-il pendre, dépendre;
Faire du mal, du bien; jurer à faux, à vrai?
De mon amour pour toi tu peux faire l'essai.

LISETTE.

Il ne faut que tromper.

BAZOCHE.

Qui?

LISETTE.

Monsieur Piétremine.

BAZOCHE.

Quoi! notre procureur? Aisément je devine,
Faire épouser Élise à quelqu'autre?

LISETTE.

A Cléon.

BAZOCHE.

Cléon, je le connois, c'est un joli garçon,
  (A part.)
A qui le procureur, à la mort de son père,
A volé tant de bien.

LISETTE.

Ferez-vous cette affaire?

BAZOCHE.

Oui-dà, j la ferai : mais pour l'amour de toi.
Ce sont trois mille francs que l'on me donne à moi.

LISETTE

Autant.

BAZOCHE.

Ce n'est pas trop : mais, parce que je t'aime...
Et quand les donne-t-on?

LISETTE.

Quand? A cette heure même.

BAZOCHE.

Va donc me les chercher.

LISETTE.

Ils sont dans la maison.

BAZOCHE.

Je vais tout préparer pour cette trahison;
Faire un contrat, au nom de Cléon et d'Élise,
Que notre procureur, sans crainte de surprise,
Va signer, en croyant signer le sien.

LISETTE.

Fort bien.

Allez dans votre étude, et ne négligez rien.
Mais, si l'on vous offroit une plus forte somme
Pour nous trahir?

BAZOCHE.

Ah! non ; je deviens honnête homme :
Je quitte le métier après ce grand coup-là.
Friponner un fripon est mon *nec plus ultrà*.

SCÈNE VIII.

LISETTE *seule.*

Monsieur Bazoche va travailler avec zèle ;
Pour Élise et Cléon quelle bonne nouvelle !
Qui croiroit, après tout, qu'on trouvât tant d'esprit
Dans un corps si mal fait, si laid et si petit ?
Sa figure est, ma foi, des plus désagréables.
Si tous les procureurs avoient des clercs semblables,
On ne verroit pas tant de désordre chez eux,
Et les enfants qu'ils ont leur ressembleroient mieux.
Ah! voici le valet de Cléon.

SCÈNE IX.

SAINT-GERMAIN, LISETTE.

SAINT-GERMAIN.

Piétremine
Vient de sortir ; j'étois caché dans la cuisine,
Où je mourois de faim. J'ai passé cette nuit
Caché dans votre cave à côté d'un gros muid :

Je l'ai percé, néant, rien n'est venu. La rage
Puisse crever ton maître! ah! quel maudit ménage!
Je n'ai mangé ni bu depuis hier.

LISETTE.

Comment!

Il ne t'est rien resté du souper?

SAINT-GERMAIN.

Non, vraiment;

Les clercs laissent-ils rien jamais sur leurs assiettes?
Chacun sait qu'ils ont soin de les rendre bien nettes.

LISETTE.

Tu te plains! et ton maître est aussi mal que toi
Là-haut, dans le grenier.

SAINT-GERMAIN.

Bon! voilà bien de quoi!

Au-dessus de la chambre où couche sa maitresse,
Songe-t-il à manger dans l'ardeur qui le presse?
Il vit d'amour, mon maître.

LISETTE.

Eh bien! fais comme lui;

Pour te nourrir tu n'as qu'à m'aimer.

SAINT-GERMAIN.

Vraiment oui,

T'aimer, pour me nourrir! ce seroit le contraire;
Cela me sécheroit encor plus.

LISETTE.

Comment faire?

Personne ne sauroit sortir de ce logis.
Piétremine a les clefs dans sa poche.

SAINT-GERMAIN.

Tant pis.

Il n'y falloit donc pas entrer. Ah ! je déteste,
Et je maudis cent fois l'occasion funeste
D'hier au soir.

LISETTE.

Tantôt ta peine finira.
Un splendide festin ici se donnera.

SAINT-GERMAIN.

Si j'attrape un chapon, aussitôt je l'empoche.

LISETTE.

Adieu, je vais chercher de l'argent pour Bazoche.

SAINT-GERMAIN.

Bazoche? Garde-toi de te fier à lui ;
C'est un fripon.

LISETTE.

D'accord : mais enfin aujourd'hui
Il nous sert.

SAINT-GERMAIN.

Et comment ?

LISETTE.

Tu sauras toute chose.
Les affaires vont bien. Je te quitte, et pour cause.

SCÈNE X.

SAINT-GERMAIN seul.

LES affaires vont bien ! vont mal ; et Saint-Germain,
Pendant tout ce temps-là, meurt de soif et de faim,
Et de peur : car enfin, si monsieur Piétremine
Me trouve en sa maison ; il a l'humeur mutine....

SCÈNE XI.

MADAME RISSOLÉ, SAINT-GERMAIN.

MAMAME RISSOLÉ, *essoufflée, à part.*

De quel côté peut-il avoir tourné ses pas?

SAINT-GERMAIS, *bas.*

Quelqu'un vient, cachons-nous.

MADAME RISSOLÉ, *à part.*

Je ne me trompe pas.

C'est mon amant'là-haut que j'ai vu; c'est lui-même....
Et voici son ami, de plus. Quel stratagème
Vous a donc fait entrer ici tous deux?

SAINT-GERMAIN.

Comment

Tous deux?

MADAME RISSOLÉ

N'êtes-vous pas l'ami de mon amant?
Avec lui plusieurs fois je vous ai vu paroitre,
Et même, hier encor, étant à ma fenêtre....

SAINT-GERMAIN, *bas.*

Elle veut me parler de Cléon. Mais comment,
Et par quelle raison le croire son amant?

MADAME RISSOLÉ

Je viens de l'entrevoir là-haut: à l'instant même
Je l'ai perdu de vue. Ah! quelle peine extrême!
Où croyez-vous qu'il soit?

SAINT-GERMAIN.

Ma foi, je n'en sais rien.

MADAME RISSOLÉ.

Étant son bon ami, vous le connoissez bien.
Mes yeux ont dans les siens pour moi cru voir sa flamme.
Ne me trompoit-il point? M'aime-t-il?

SAINT-GERMAIN.

Mais, madame...

MADAME RISSOLÉ.

Parlez sincèrement : vous connoissez son cœur.

SAINT-GERMAIN, *bas.*

Pour nous tirer d'affaire, appuyons son erreur.

(*tout haut.*)

Oui, de votre fenêtre, au profond de son âme,
Vos yeux ont su lancer une si vive flamme,
Qu'il est tout plein de vous. J'ai fait de vains efforts
Pour vous en arracher : il a le diable au corps.
Je lui dis tous les jours : que prétendez-vous faire ?
Cette dame pourroit être votre grand'mère.

MADAME RISSOLÉ.

Pourquoi dire cela ?

SAINT-GERMAIN.

Mon dieu ! j'ai mes raisons ;
Voulez-vous l'envoyer aux petites maisons ?

MADAME RISSOLÉ.

Il est d'autres moyens....

SAINT-GERMAIN.

J'en dis bien davantage,
Et ne m'arrête point seulement sur votre âge :
Je m'efforce à trouver mille défauts en vous :
La foi que vous gardez surtout à votre époux.

MADAME RISSOLÉ.

Mon époux ! Il est mort.

SAINT-GERMAIN.

Je le sais bien, madame,
Et que sa cendre encor fait durer votre flamme.

MADAME RISSOLÉ.

Non, non, elle est éteinte, et j'ai su m'en guérir :

C'est sa faute, pourquoi s'est-il laissé mourir ?
Aimer un mari mort, fi donc ! quelle folie !
On a bien de la peine à les aimer en vie.
Parlons de votre ami : qu'il m'a paru bien fait !

SAINT-GERMAIN.

Tenez, regardez-moi, vous voyez son portrait.

MADAME RISSOLÉ.

Oh ! que sa taille est bien au-dessus de la vôtre !

SAINT-GERMAIN.

Nous portons cependant les habits l'un de l'autre.

MADAME RISSOLÉ.

Cela ne se peut pas, vous paroissez rempli.

SAINT-GERMAIN.

Il les porte d'abord, pour y donner le pli ;
Et je les use après.

MADAME RISSOLÉ.

Pourquoi donc ce ménage ?

SAINT-GERMAIN.

C'est que nous nous aimons on ne peut davantage ;
Nous demeurons ensemble, et c'est une union...
Nous nous servons l'un l'autre en toute occasion ;
Je le peigne, il m'étrille ; il m'emprunte, il me prête ;
Je le tiens toujours propre et souvent le vergette,
Il époustе parfois aussi mon justaucorps ;
A nous complaire, enfin, nous mettons nos efforts.

MADAME RISSOLÉ.

Vous êtes son valet ?

SAINT-GERMAIN.

C'est à peu près de même.

MADAME RISSOLÉ.

Je comprends bien cela. Mais croyez-vous qu'il m'aime !

SAINT-GERMAIN.

En pouvez-vous douter?

MADAME RISSOLÉ.

Que fait-il à présent ?
Si son cœur ressentoit ce que le mien ressent....

SAINT-GERMAIN.

Il est plus amoureux encor que vous, je gage,
Mais c'est qu'il est timide on ne peut davantage :
C'est un amant transi...

MADAME RISSOLÉ.

Fi ! cela me déplaît.
J'aime un amant folâtre.

SAINT-GERMAIN.

Oh ! jamais il ne l'est.

MADAME RISSOLÉ.

Un amant enjoué.

SAINT-GERMAIN.

Si j'avois été femme,
Ma foi, j'aurois été de votre goût, madame.
Ah ! que j'aurois aimé ces jeunes gens badins,
Sans cesse à vos genoux à vous baiser les mains,
Qui vous donnent cent fois occasion de dire :
  (Contrefaisant sa voix.)
Mais arrêtez-vous donc, fi donc ! est-ce pour rire ?
Allons, petit fripon, vous perdez le respect.

MADAME RISSOLÉ.

Ah ! c'en est trop aussi, l'on doit...

SAINT-GERMAIN.

À votre aspect
Mon maître pâlira. De loin ses yeux font rage ;
Mais de près il est sot à force d'être sage.

MADAME RISSOLÉ.

Qu'il soit comme il voudra, c'est un garçon bien fait.
Dans le monde on n'a pas toute chose à souhait :
On prend ce que l'on trouve, en ce siècle où nous somm...
Et l'on n'a jamais vu telle disette d'hommes.
Allons, je veux passer sur les défauts qu'il a.
Je m'en vais le chercher là-haut.

SAINT-GERMAIN, *voulant l'arrêter.*

Demeurez là,

Je le ferai descendre.

MADAME RISSOLÉ.

Il faut que de ma bouche

Il apprenne à l'instant que son amour me touche ;
Il faut prendre la balle au bond : souvent le temps...

SAINT-GERMAIN.

Mais, du moins, qu'avec vous...

MADAME RISSOLÉ.

Non, je vous le défends.

SCÈNE XII.

SAINT-GERMAIN, *seul.*

ELLE va tout gâter ; que va-t-elle lui dire ?
Que lui répondra-t-il ? Le voici, je respire ;
Je puis le prévenir.

SCÈNE XIII.

CLÉON, SAINT-GERMAIN.

CLÉON.

SAINT-GERMAIN, quel malheur !

Je viens de rencontrer la sœur du procureur.

SAINT-GERMAIN.

Quoi! Lucrèce?

CLÉON.

Oui, Lucrèce.

SAINT-GERMAIN.

En voilà bien d'une autre!
Nous avons donc ainsi trouvé chacun la nôtre.
J'ai rencontré la mère.

CLÉON.

Ah! malheureux! pourquoi
Ne te pas mieux cacher?

SAINT-GERMAIN.

Et vous, tout comme moi,
Pourquoi vous montrez-vous? Mais enfin à la belle
Qu'avez-vous dit?

CLÉON.

J'ai dit que je venois pour elle,
Que je l'aimois.

SAINT-GERMAIN.

Comment?

CLÉON.

Trop long-temps interdit,
Cette feinte à propos m'est venue en l'esprit.
Voyant sortir quelqu'un de la chambre d'Élise,
J'ai cru que c'étoit elle : ô ciel! quelle surprise,
Quand, m'approchant plus près, j'ai connu mon erreur!
C'étoit Lucrèce. Un froid m'a glacé tout le cœur;
Mais reprenant mes sens : Adorable Lucrèce,
Ai-je dit, pardonnez un excès de tendresse
Qui m'a fait hasarder... Au fond je ne sais pas
Ce que j'ai pu lui dire en un tel embarras :

Mais j'enrage. Elle croit mon amour si sincère,
Qu'elle veut en parler tout-à-l'heure à son frère :
Elle a même ajouté que, s'il la refusoit,
A me suivre partout elle se disposoit ;
Et que, pour s'affranchir d'un trop rude esclavage
Elle se laisseroit enlever.

SAINT-GERMAIN.

Bon ! courage!
Apprenez que la vieille... Elle vient sur vos pas.

SCÈNE XIV.

MADAME RISSOLÉ, CLÉON. SAINT-GERMAIN.

MADAME RISSOLÉ.

JE vous cherchois en haut, et vous êtes en bas.
De votre passion suffisamment instruite...

CLÉON, à *Saint-Germain.*

Que veut dire cela?

SAINT-GERMAIN.

Vous verrez dans la suite.

MADAME RISSOLÉ.

Je viens vous secourir.

SAINT-GERMAIN.

L'agréable secours!

MADAME RISSOLÉ, à *Cléon.*

Vous ne languirez pas long-temps dans vos amours.

CLÉON, *étonné.*

Comment?

MADAME RISSOLÉ.

Votre valet m'a tout dit.

CLÉON.

Lui, madame?

(Bas, à Saint-Germain.)

Quoi! d'Élise et de moi tu découvres la flamme?
Veux-tu nous perdre?

SAINT-GERMAIN, *bas, à Cléon.*

Eh! non : attendez un moment.

MADAME RISSOLÉ.

Je viens vous assurer de mon consentement.
Je veux, malgré mon fils...

CLÉON.

Avec cette assurance,
Madame, j'ose encor former quelque espérance.

MADAME RISSOLÉ.

Espérez, espérez.

CLÉON *se jette à ses genoux.*

Que cet espoir m'est doux!
Souffrez qu'en ce moment j'embrasse vos genoux.

MADAME RISSOLÉ, *à Saint-Germain.*

Votre maître, vraiment, n'a point tant d'indolence.

SAINT-GERMAIN.

Il faut donc que l'objet ait beaucoup de puissance.
Vous avez là des yeux perçants, aigus...

MADAME RISSOLÉ.

Ho, ho!

SAINT-GERMAIN, *bas.*

Dans l'éclaircissement gare le *qui pro quo.*

MADAME RISSOLÉ.

Eh bien! mon cher, à quand cet heureux hyménée?

CLÉON.

Pour moi toujours trop tard en viendra la journée;
Mais votre fils...

MADAME RISSOLÉ.

Mon fils, vous dis-je, est un benêt;

Je ne regarde point ici son intérêt.
Comme il te fait, fais-lui. Son Élise qu'il aime,
Par exemple, il l'épouse, et j'en ferai de même.

CLÉON, *surpris.*

Il l'épouse!

MADAME RISSOLÉ.

Demain, sans mon consentement.
Qu'ai-je besoin du sien?

SAINT-GERMAIN, *bas.*

Voici le dénoûment.

CLÉON, *bas.*

Quelle surprise!

MADAME RISSOLÉ.

Allez, je serai votre femme;
Je m'embarrasse peu qu'il l'approuve ou le blâme.

CLÉON, *à Saint-Germain, bas.*

D'où vient donc que tu m'as joué d'un pareil tour?

SAINT-GERMAIN, *bas, à Cléon.*

Il l'a fallu pour mieux cacher votre autre amour.

MADAME RISSOLÉ, *à Cléon.*

Vous ne dites plus rien, près de m'avoir pour femme?

SAINT-GERMAIN.

C'est sa timidité qui lui reprend, madame.
Je vous l'avois bien dit.

MADAME RISSOLÉ.

Il se corrigera.

SAINT-GERMAIN.

Non, je crois que jamais cela ne changera.

MADAME RISSOLÉ.

Il n'importe, il me plait, et l'affaire est conclue :
Marchandise qui plait est à demi vendue.

SCÈNE XIV.

CLÉON, *à part.*

J'enrage.

MADAME RISSOLÉ, *croyant qu'il soupire.*
Ce soupir augmente mon amour.
Mais adieu, je pourrois soupirer à mon tour;
Il faut me contenir.

CLÉON, *à part.*
Que la peste te crève!

MADAME RISSOLÉ.
Vous soupirez encore? Ah! je demande trève;
Je m'en vais revenir; je veux laisser passer
Un torrent de soupirs qui viennent m'oppresser.

SCÈNE XV.

CLÉON, SAINT-GERMAIN.

CLÉON.
PEUT-ON encor songer à l'amour à cet âge?
Elle a perdu l'esprit avec son mariage.

SCÈNE XVI.

CLÉON, SUZON, SAINT-GERMAIN.

SUZON, *en entrant, à part.*
MARIAGE! Ce mot me réjouit; voyons.

SAINT-GERMAIN, *à Cléon.*
Voici quelqu'un encor.

CLÉON, *à Saint-Germain.*
Oh! pour le coup, fuyons;
C'est, sans doute, la sœur.

SAINT-GERMAIN.
Non, monsieur, c'est la fille.

CLÉON, à Saint-Germain.

Je serai rencontré de toute la famille.

SUZON, à Cléon.

Ah ! c'est vous à la fin, je vous vois de plus près ;
Je n'aimois point du tout nos entretiens muets :
Votre geste et vos yeux, d'une façon charmante,
Avoient beau s'exprimer, je n'étois point contente.
Quand viendra le moment de me voir près de lui ?
Disois-je : je n'osois l'espérer aujourd'hui :
Cela vous ennuyoit autant que moi, je gage ?
Mais que disiez-vous là, parlant de mariage ?
Venez-vous à mon père ici me demander ?

SAINT-GERMAIN.

(A part.)   (A Cléon.)

Autre pièce nouvelle.... Allons donc, sans tarder,
Monsieur, répondez-lui.

CLÉON, bas.

La cruelle aventure !

Oh ! je crois pour le coup que c'est une gageure.

SAINT-GERMAIN.

(A part.)

Il faut la soutenir ; je vais parler pour vous.

(Haut à Suzon.)

Oui, monsieur vient ici pour être votre époux.

CLÉON, bas.

Que vas-tu dire encor ?

SAINT-GERMAIN.

Mais l'espoir et la crainte....

Combattant en son cœur.... le tiennent en contrainte,
Lui coupent la parole.

SUZON.

Et pourquoi donc cela ?

Dans mon cœur je ressens aussi ces choses-là;
Et si je parle bien.

SAINT-GERMAIN.

C'est que dans une femme
La parole jamais ne manque qu'avec l'âme :

(Bas à Cléon.)

Si vous ne dites mot, vous allez gâter tout.

CLÉON, à Saint-Germain.

Je me lasse, à la fin....

SAINT-GERMAIN, à Cléon.

Allez jusques au bout.

CLÉON.

(A Suzon.)   (A Saint-Germain.)
L'amour que vos beaux yeux... Que veux-tu que je dise?

SAINT-GERMAIN.

Achevez, dussiez-vous dire quelque sottise.

CLÉON, à Suzon.

Craignant que votre père enflammé de courroux,
Me rencontrant ici, ne se venge sur vous....
Je demeure sans voix dans ce triste silence....
Voyez de mon amour toute la violence.

SUZON.

Eh quoi! n'auriez-vous pas la force de parler
A mon père?

SAINT-GERMAIN.

D'abord il faut vous en aller :
Il ne faut pas qu'ici l'on vous rencontre ensemble.
Montez là-haut.

SUZON.

J'y vais; mais enfin il me semble
Que, monsieur ne venant ici que pour me voir,
Il faut bien qu'il me voie.

SAINT-GERMAIN.

Il vous verra ce soir.
Laissez-nous seuls, vous dis-je, aborder votre père.

SUZON.

Prenez bien votre temps.

SAINT-GERMAIN.

Allez, laissez-nous faire.

SUZON, *revenant sur ses pas.*

Mais, monsieur, si mon père alloit vous refuser,
Ne vous rebutez pas; je puis vous épouser
Sans son consentement; ma mère a fait de même,
Et ma grand'mère aussi.

SAINT-GERMAIN.

Vraiment, lorsque l'on s'aime,
C'est la règle à présent.

SUZON.

Les pères, de tout temps,
Ont, dans notre famille, été d'étranges gens;
Et les filles toujours ont eu de l'industrie.

SAINT-GERMAIN.

Ce que c'est que savoir sa généalogie!
Et qu'il est beau surtout d'imiter ses aïeux!

CLÉON, *à Saint-Germain.*

Ne finiras-tu point tes discours ennuyeux?

SAINT-GERMAIN, *à Suzon.*

Ma foi, vous nous perdez à rester davantage.

SUZON.

Adieu, puisqu'il le faut.

SAINT-GERMAIN.

Adieu donc, bon voyage.

SCÈNE XVII.

CLÉON, SAINT-GERMAIN.

CLÉON.

Tout extravague ici, grand'mère, fille et sœur.

SAINT-GERMAIN.

En voilà de tout âge et de toute couleur.

CLÉON.

Que je suis malheureux !

SAINT-GERMAIN.

     Blondes, blanches et brunes.

On vous peut appeler homme à bonnes fortunes.

CLÉON.

Je n'ai pu d'aujourd'hui parler un seul moment
A ma charmante Élise : il faut que justement
Je trouve en mon chemin les objets que j'évite.
Tout ceci me recule, et j'en crains fort la suite.
Que j'aille, que je vienne, ou là-haut, ou là-bas,
Ces trois folles sans cesse observeront mes pas.
Enfin je vois Élise.

SCÈNE XVIII.

CLÉON, ÉLISE, SAINT-GERMAIN.

ÉLISE.

Ah ! Cléon !

CLÉON.

     Ah ! madame !

Pouvez-vous concevoir le trouble de mon âme ?

ÉLISE.

Je viens le dissiper, je m'en flatte du moins ;
Et vous dire qu'après tant de peine et de soins
Notre bonheur est proche.

CLÉON.

Et sur quelle assurance !...

ÉLISE.

Lisette a mis le clerc de notre intelligence ;
Et le contrat, dit-elle, est fait en votre nom.

CLÉON.

Que peut-on espérer d'un fourbe, d'un fripon ?

ÉLISE.

Les mille écus que vient de lui porter Lisette....

CLÉON.

Sachez une autre chose encor qui m'inquiète.

ÉLISE.

Je m'en doute.

CLÉON.

La mère, et la fille et la sœur,
D'un fol entêtement....

ÉLISE.

Je sais cela par cœur ;
Lisette m'a tout dit.

CLÉON.

De plus....

SCÈNE XIX.

CLÉON, ÉLISE, SAINT-GERMAIN, LISETTE.

LISETTE.

MADEMOISELLE,

On n'attend plus que vous.

CLÉON.

Quelle triste nouvelle !

LISETTE.

Depuis assez long-temps le notaire est là-bas.

Et Piétremine ici peut monter sur mes pas ;
Descendez.

CLÉON.

Si ce clerc, par un retour indigne....

ÉLISE.

Je ne signerai rien sans voir ce que je signe.
Demeurez en repos.

SCÈNE XX.

CLÉON, LISETTE, SAINT-GERMAIN.

CLÉON.

Ah ! que d'affreux moments !
Lisette, à revenir sera-t-elle long-temps ?

LISETTE.

Elle sort.

CLÉON.

Si ce clerc....

LISETTE.

J'en réponds sur ma vie ;
Allez, de vous servir il montre trop d'envie :
J'ai vu les deux contrats ; l'un est en votre nom,
Et c'est celui qui doit se rencontrer le bon :
Pour les abuser tous il fera lire l'autre,
Et, pour faire signer, présentera le vôtre.
Pour bien escamoter ses doigts paroissent faits,
Quand il auroit été joueur de gobelets.
Mais adieu ; je m'en vais songer à mon affaire,
Et mettre le couvert.

SAINT-GERMAIN.

Si j'étois nécessaire....

LISETTE.

Je t'entends ; viens, suis-moi. Vous, n'appréhendez rien :
Bazoche m'a fait signe, et le tout ira bien.   12.

SCÈNE XXI.

CLÉON, *seul.*

JUSQU'AU dernier moment je ne suis point tranquille ;
Je crains que le projet ne devienne inutile.
Comment pouvoir tromper notaire et procureur ?
Cela ne se peut pas sans un coup de bonheur.
Quoi qu'ait promis le clerc en recevant la somme...

SCÈNE XXII.

PIÉTREMINE, CLÉON.

PIÉTREMINE, *à part.*

(*Apercevant Cléon.*)

J'AI signé. Voyons si Lisette... Mais quel homme...

CLÉON, *voyant Piétremine.*

O ciel !

PIÉTREMINE.

Que faites-vous, monsieur, dans ma maison ?

CLÉON, *embarrassé.*

Monsieur, je viens... j'étois:.. Mais j'en rendrai raison
Une autre fois.

PIÉTREMINE.

Comment ?

CLÉON, *à part.*

Quelle cruelle peine !

PIÉTREMINE.

Oh ! nous saurons pourtant quel dessein vous amène.
Au voleur ! au secours !

CLÉON.

Ai-je l'air d'un voleur ?

PIÉTREMINE.

Que sais-je ? vous avez celui d'un suborneur :
Sous des habits dorés on voit tant de canailles !

CLÉON.

Quoi !...

PIÉTREMINE.

Vous avez passé pardessus les murailles,
Ma maison est fermée. Au voleur ! au voleur !

SCÈNE XXIII.

PIÉTREMINE, CLÉON, LISETTE.

LISETTE, *à part.*

O ciel ! tout est perdu. Que voulez-vous, monsieur ?

PIÉTREMINE.

Que l'on m'aille chercher, et vite, un commissaire.

LISETTE.

Dans un tel embarras, hélas ! que vais-je faire ?

PIÉTREMINE.

Voilà mes clefs ; va, cours.

LISETTE.

J'y vais.

PIÉTREMINE.

Dans mon logis

Venir effrontément !

SCÈNE XXIV.

MADAME RISSOLÉ, PIÉTREMINE, CLÉON.

MADAME RISSOLÉ.

Que faites-vous, mon fils ?

Il vous sied bien, vraiment, de vous mettre en colère
Contre monsieur, qui doit être votre beau-père.

PIÉTREMINE.

Mon beau-père? Quoi! c'est... allez, vous radotez.

MADAME RISSOLÉ.

Je radote? comment, pendard, vous m'insultez!

PIÉTREMINE

Je ne souffrirai point pareille extravagance ;
Et...

MADAME RISSOLÉ, à *Cléon.*

De votre beau-fils châtiez l'insolence.

PIÉTREMINE.

Morbleu!

SCÈNE XXV.

MADAME RISSOLÉ, PIÉTREMINE, CLÉON, LUCRÈCE.

LUCRÈCE.

Qu'a donc mon frère à se mettre en courroux?
C'est contre mon amant : ah! mon frère, tout doux,
Vous devez approuver un amour légitime ;
Monsieur est honnête homme, et peut m'aimer sans crime :
S'il est caché céans, c'est pour l'amour de moi ;
Il m'a donné son cœur, il a reçu ma foi :
De notre engagement je venois vous instruire.

PIÉTREMINE.

Que diable celle-ci vient-elle encor me dire?

CLÉON, à part.

S'est-on jamais trouvé dans un semblable cas?

LUCRÈCE.

Mon frère, au nom du ciel, ne le rebutez pas.

MADAME RISSOLÉ.

Quoi! monsieur...

LUCRÈCE.

Oui. monsieur me veut prendre pour femme:
Je l'aime, couronnez une si belle flamme.

PIÉTREMINE.

Ma mère, vous disiez...

MADAME RISSOLÉ.

Oh ! je l'épouserai.

LUCRÈCE.

Vous, ma mère ?

MADAME RISSOLÉ.

Oui, moi-même, ou je l'étranglerai.

SCÈNE XXVI.

MADAME RISSOLÉ, PIÉTREMINE, LUCRÈCE, SUZON, CLÉON.

SUZON.

Vous querellez monsieur, et pourquoi, ma grand'mère ?

MADAME RISSOLÉ.

Laissez-nous en repos, ce n'est pas votre affaire.
Petit perfide !

SUZON.

Eh ! là ! ne le grondez donc pas ;
Il vient pour m'épouser, au moins.

CLÉON, à part.

Autre embarras.

PIÉTREMINE.

Il en veut à ma fille aussi ?

SUZON.

Vraiment, sans doute.

PIÉTREMINE.

Pour le coup je m'y perds, et je n'y vois plus goutte.

SUZON.

En mariage il vient ici me demander :
N'est-il pas vrai, monsieur ?

PIÉTREMINE.

Il faut vous accorder.
Il veut être à la fois mon gendre, mon beau-père,
Et mon beau-frère encor.

SUZON.

Quel est donc ce mystère ?

CLÉON.

Monsieur, il n'est plus temps de vous rien déguiser...

PIÉTREMINE.

Parbleu ! vous n'avez plus qu'à vouloir m'épouser,
Et vous serez l'époux de toute la famille.

SUZON.

Que veut dire cela, mon père ?

PIÉTREMINE.

C'est, ma fille,
Que ce galant en veut à toute la maison :
Mais tout à l'heure, enfin, nous en aurons raison.
Voici le commissaire.

SUZON.

Affronteur !

MADAME RISSOLÉ.

Ingrat !

LUCRÈCE.

Traître !

SCÈNE XXVII.

MADAME RISSOLÉ, PIÉTREMINE. CLÉON, LUCRÈCE, SUZON, SAINT-GERMAIN en commissaire, LISETTE.

LISETTE, *bas, à Saint-Germain.*

De leurs mains au plus tôt il faut tirer ton maître.

SAINT-GERMAIN, *bas.*

Laisse faire.

LISETTE.

En passant, j'ai rencontré monsieur..

SAINT-GERMAIN.

Qu'est-ce donc que ceci ?

PIÉTREMINE.

C'est un larron d'honneur,
Qui subornoit ma mère, et ma sœur et ma fille.

SAINT-GERMAIN.

Il est arrivé pis dans plus d'une famille.
Mais, pour tenir la bride à tous ces fripons-là,
Qui ne font aujourd'hui métier que de cela,
En prison.

CLÉON.

Quoi ! monsieur ?

SAINT-GERMAIN, *le tirant.*

En prison, tout à l'heure.

MADAME RISSOLÉ, *pleurant.*

En prison !

LUCRÈCE, *pleurant.*

En prison !

SUZON, *pleurant.*

En prison !

SAINT-GERMAIN.

Quoi ! tout pleure ?

La pitié ne doit point entrer dans votre cœur :
Montrez-vous mère, fille et sœur de procureur.
Si le mot de prison rend votre cœur si tendre,
Et que sera-ce donc quand je le ferai pendre ?

LUCRÈCE.

« pendre ?

SUZON.

Pour cela ?

MADAME RISSOLÉ.

Mon fils, allons, tout doux.

PIÉTREMINE, *bas, au commissaire.*

Quand il sera pendu, que diable en aurons-nous ?
Tirons-en de l'argent.

SAINT-GERMAIN.

Je sais bien mon affaire ;

Faisons-lui toujours peur.

PIÉTREMINE.

Le brave commissaire !

SAINT-GERMAIN.

Nous aurons intérêts, dommages et dépens.

SCÈNE XXVIII.

MADAME RISSOLÉ, PIÉTREMINE, LUCRÈCE,
CLÉON, SUZON, ÉLISE, BAZOCHE, LISETTE,
SAINT-GERMAIN *en commissaire.*

ÉLISE.

Je viens pour mettre fin au grand bruit que j'entends.

PIÉTREMINE.

Ah ! ma femme !

ÉLISE.

Ce nom ne m'est pas dû.

PIÉTREMINE.

Ma bonne,

Quand le contrat est fait, c'est un nom qu'on se donne.

ÉLISE.

Quand le contrat est fait, on se donne ce nom?
J'appelle donc monsieur mon mari.

PIÉTREMINE.

Quoi?

ÉLISE.

Cléon,

Remerciez monsieur d'avoir de bonne grâce
Signé notre contrat.

PIÉTREMINE.

Oh! celui-là me passe,
Il veut ma femme encor; quel diable d'épouseur!

CLÉON.

Je ne veux qu'elle seule, elle fait mon bonheur.
Mesdames, contre moi n'ayez point de colère;
Pour obtenir Elise il étoit nécessaire.....

PIÉTREMINE.

Mais sachons donc comment elle peut être à vous.

LISETTE.

Vous avez cru signer le contrat comme époux,
Et vous l'avez signé comme tuteur.

PIÉTREMINE.

J'enrage.

Et comment ai-je donc fait un si bel ouvrage?

LISETTE.

Moyennant mille écus Bazoche vous trahit :
Demandez-lui plutôt.

PIÉTREMINE, à Bazoche.

Est-il vrai ce qu'on dit?

BAZOCHE.

Très vrai, monsieur; j'avois besoin de cette somme
Pour cesser d'être clerc et me faire honnête homme.
Dans le monde il faut vivre avec un peu d'honneur;
Et, pour faire une fin, je me fais procureur.

PIÉTREMINE.

Bazoche me trahit! lui qui toute sa vie...

LUCRECE.

Je n'en suis point fâchée.

MADAME RISSOLÉ.

Et moi j'en suis ravie.

Vous comptiez sans votre hôte, et c'étoit battre l'eau.
Il faut attendre au soir pour dire le jour beau.

(Les violons préludent.)

J'entends les violons.

PIÉTREMINE.

Le diable les emporte!

Il est bien temps de rire.

MAMAME RISSOLÉ.

Et pourquoi non? qu'importe?

Mes enfants, mal nouveau se guérit aisément;
Pour un amant perdu l'on en retrouve cent.
Je sais bien que marchand qui perd ne sauroit rire;
Mais, où l'espoir n'est plus, l'amour bientôt expire.

ÉLISE.

Mesdames, contre moi n'ayez point de courroux.

LUCRÈCE.

Élise, votre amour vous excuse envers nous.

PIÉTREMINE, à Bazoche.

Et mes cent louis d'or....

BAZOCHE.

Ils me sont dus de reste.

PIÉTREMINE.

Comment?

BAZOCHE.

Je parlerai, si quelqu'un me conteste.
(Bas, à Piétremine.)
Vous savez, entre nous, d'où vient tout votre bien ;
Et, si je dis un mot.

PIÉTREMINE, bas, à Bazoche.

Suffit, ne dites rien,
Quitte à quitte. Et pour vous, Cléon, je vous pardonne.
Élise est une fourbe, et je vous l'abandonne :
Puisque, fille, elle a pu me jouer un tel trait.
Étant femme, jugez ce qu'elle m'auroit fait.
J'aurois droit de plaider pourtant : lorsqu'on a robe...

SAINT-GERMAIN, quittant sa robe.

Si vous voulez plaider, je vous rends votre robe,
Et vous montre dessous le valet de Cléon.

PIÉTREMINE.

Quoi! ma robe servoit à couvrir un fripon?

SAINT-GERMAIN.

Fort à votre service. Allons, que dans la joie
Et dans les flots de vin notre chagrin se noie ;
Et puisque nous avons ici des violons.
Il en faut profiter : rions, chantons, dansons.

LISETTE.

Il faudroit préparer quelque petite fête.

SAINT-GERMAIN.

Pourquoi la préparer? nous l'avons toute prête ;
Et chacun n'a qu'à mettre un proverbe en chanson :
On est dans ce goût-là céans.

LISETTE.

Il a raison,
Cela divertira notre bonne grand'mère;
Proverbes et chansons surent toujours lui plaire.

SAINT-GERMAIN.

Je sais m'en escrimer aussi, quand je m'y mets;
Je commence la fête, et j'en ai de tout prêt.

LES PROVERBES,
DIVERTISSEMENT.

SAINT-GERMAIN.

ALLONS gai, monsieur le procureur,
Contre fortune bon cœur.
 Et montrez-vous joyeuse,
 Famille amoureuse :
De la perte d'un amant
On se console aisément ;
Et dans ce siècle nôtre
 Un clou chasse l'autre.

Allons gai, monsieur le procureur,
Contre fortune bon cœur.
Et dans ce siècle nôtre
 Un clou chasse l'autre.
 Avoir un amant à trois,
 C'est aller contre les lois ;
 Prenez-en trois chacune,
 La chose est fort commune.
Allons gai, monsieur le procureur,
Contre fortune bon cœur.

LUCRÈCE.

Chaque jour à l'amour, dormant dans son berceau,
 Je jouois quelque tour nouveau ;
Je détournois ses traits, j'éteignois son flambeau,
 Je déchirois son bandeau :
 Il s'éveilla, je fus surprise.
 Tant va la cruche à l'eau
 Qu'enfin elle se brise.

13.

MADAME RISSOLÉ.

Quand j'étois jeune et belle,
  J'étois sotte et cruelle;
O! que d'heureux moments perdus!
Le temps passé ne revient plus.
  Quelle douceur charmante!
  Que l'on vivroit contente,
    Si jeunesse savoit,
    Si vieillesse pouvoit!

SUZON.

Si je trouvois un amant
    De bonne mine,
L'enverrois-je à ma voisine?
    Non, vraiment.
S'il me disoit, je t'aime;
Je répondrois de même,
  Sans tant de façons,
  Sans tant de raisons,
  Sans chercher d'excuse,
  Sans trouver de ruse;
    Tu veux de moi,
    Je veux de toi,
    Voilà ma foi.
Qui refuse, muse.

ENTRÉE.

LUCRÈCE.

Mon amour est payé d'indifférence
Par un ingrat qu'une autre a su charmer:
A mes dépens, j'ai de l'expérience;
  Il faut connoître avant qu'aimer.

LISETTE.

J'ai l'air joyeux, je ris et je badine :
Qui m'en croiroit plus facile auroit tort;
Il ne faut pas s'arrêter à la mine,
Il n'est pire eau que l'eau qui dort.

BAZOCHE.

Assez long-temps j'ai ménagé Lisette ;
Mais mon amour n'entend plus de raison.
Et si jamais je la trouve seulette ,
L'occasion fait le larron.

MADAME RISSOLÉ.

A mon époux vivant j'étois fidèle ,
J'avois juré de l'être après sa mort ;
Mais il n'est point de femme tourterelle,
Et les absents ont toujours tort.

LISETTE, *au parterre.*

Au gré de nos tendres amants
J'ai bien conduit cette manœuvre :
Messieurs, si vous êtes contents,
Applaudissez, voici le temps.
Toujours la fin couronne l'œuvre.

SAINT-GERMAIN, *au parterre.*

J'invente un proverbe à l'instant,
Qui ne tombera pas à terre.
D'un juge équitable et savant,
On peut dire communément,
Il juge comme le parterre.

FIN DE LA FAMILLE EXTRAVAGANTE.

L'AVEUGLE

CLAIRVOYANT,

COMÉDIE,

PAR LEGRAND,

Représentée, pour la première fois, le 18 septembre
1716.

PERSONNAGES.

DAMON, officier de marine, aveugle clairvoyant.

LÉONOR, jeune veuve, promise à Damon.

La vieille LÉONOR, tante de Léonor, amoureuse
de Damon.

LÉANDRE, neveu de Damon, amant de Léonor.

L'EMPESÉ, médecin, amoureux de Léonor.

LISETTE, suivante de Léonor.

MARIN, valet de Damon.

UN NOTAIRE.

La scène est à Paris, dans la maison de Damon.

L'AVEUGLE
CLAIRVOYANT,
COMÉDIE.

SCÈNE I.

LÉONOR, LISETTE.

LISETTE.

Eh bien! madame, à quoi vous déterminez-vous?
On va voir arriver votre futur époux.
Damon revient enfin après deux ans d'absence.

LÉONOR.

Fatal retour! O ciel! je frémis quand j'y pense.
Lisette, dans l'état où l'a mis son destin,
Pourrai-je me résoudre à lui donner la main?

LISETTE.

Comment vous en défendre? Un dédit vous engage,
Il l'exigea de vous avant ce long voyage,
Et que vous logeriez ici dans sa maison;
Nous y vînmes alors toutes deux sans façon,
Comptant ce mariage une chose certaine.
A présent son retour vous alarme et vous gêne?

LÉONOR.

Hélas! lorsqu'à Damon je donnai mon aveu,
Je n'avois jamais vu Léandre son neveu.

LISETTE.

Que je m'en doutois bien! Voilà donc l'enclouure?
Léandre, je l'avoue, est d'aimable figure,

Mais il n'a pas le double, et sans l'oncle, ma foi,
Ce neveu si charmant seroit plus gueux que moi.
Damon a fait sur mer une fortune immense :
Avec lui vous seriez toujours dans l'opulence ;
Vous auriez de l'argent, des habits, des bijoux.

LÉONOR.

Mais avec tous ces biens un très fâcheux époux ;
Car enfin l'accident dont on a la nouvelle
N'a pas dû l'embellir.

LISETTE.

C'est une bagatelle.

Quoi ! parce que le vent d'un boulet de canon
Nous le renvoie aveugle ? Eh quoi ! cette raison
Vous doit-elle empêcher de conclure ?

LÉONOR.

Sans doute.

LISETTE.

Refuser un mari, parce qu'il ne voit goutte !
Hélas ! votre défunt ne voyoit que trop clair
Sur les moindres soupçons, toujours l'esprit en l'air.

LÉONOR.

Ah ! ne m'en parle pas : cinq mois de mariage
M'ont avec lui paru cinquante ans d'esclavage ;
Ce souvenir suffit pour me faire trembler,
Et Damon a le don de lui trop ressembler.
Quand j'aurois été sourde à de nouvelles flammes,
Damon parle si mal, pense si mal des femmes....

LISETTE.

Ah ! qu'il en pense mal, ou qu'il en pense bien,
De ce que nous ferons il ne verra plus rien.

LÉONOR.

Qu'il ignore surtout que son neveu Léandre
Est encore à Paris, quand il le croit en Flandre.

SCÈNE I.

LISETTE.

Oui, mais que ferons-nous de monsieur l'Empesé ?
De le congédier il n'est pas fort aisé :
Ce fade médecin est un amant tenace,
Et qui ne s'aperçoit jamais qu'il embarrasse.
Mais pourquoi diantre aussi lui donner de l'espoir ?

LÉONOR.

Pour m'amuser, n'ayant personne à recevoir ;
Dans les commencements je le trouvois passable,
Mais depuis certain temps il m'est insupportable.

LISETTE.

Depuis que le neveu s'est offert à vos yeux.
Quoi qu'il en soit, je veux vous servir de mon mieux.
Cependant, je devrois être bien en colère,
Puisque jusques ici vous m'avez fait mystère....

MARIN, *derrière le théâtre.*

Hoé, hoé, hoé !

LISETTE.

J'entends Marin, je crois ?

LÉONOR.

Le valet de Damon ?

LISETTE.

Oui vraiment, c'est sa voix :
Je la reconnois bien, il faut, sans plus attendre,
Prendre votre parti.

LÉONOR.

Quel parti puis-je prendre ?

SCÈNE II.

LÉONOR, LISETTE, MARIN *en courrier.*

MARIN.

Hoé, hoé, hoé! parbleu! j'ai beau crier,
Comment donc? Est-ce ainsi qu'on reçoit un courrier!
Personne ne descend?

LÉONOR.

Qu'as-tu fait de ton maître?

MARIN.

Ne vous alarmez point, vous l'allez voir paroître;
Et je l'ai devancé de cent pas seulement,
Pour voir si tout est prêt dans son appartement.

LISETTE, *à Léonor.*

Cela va bien pour nous, commençons, par avance,
A faire entrer Marin dans notre confidence.

LÉONOR, *bas, à Lisette.*

Que vas-tu faire?

LISETTE.

Il m'aime, et fera tout pour moi,
J'en suis sûre. Marin, puis-je compter sur toi?

MARIN.

Tu n'en saurois douter sans me faire injustice.

LISETTE.

Il s'agit, en payant, de nous rendre un service.

MARIN.

En payant? c'est beaucoup me dire en peu de mots:
A cent coups de bâton dût s'exposer mon dos,
Vous n'avez qu'à parler.

LISETTE.

Il faut tromper ton maître,

Et sur les gens qu'ici tu pourras voir paroître
Ne lui rien témoigner.

MARIN.

Il suffit, je t'entends :

Madame en notre absence a fait quelques amants,
Et Damon l'inquiète un peu par sa venue.
Ne craignez rien, depuis qu'il a perdu la vue,
Je lui fais aisément croire ce qu'il me plait,
Et je vous servirai, non pas par intérêt,
Mais parce que je sens pour vous un certain zèle, .

(A Lisette.)

Qui brûle d'éclater.... Que me donnera-t-elle ?

LÉONOR.

J'ai vingt louis tout prêts, je vais te les chercher.

MARIN.

Madame, en vérité, c'est de quoi me toucher.
Hâtez-vous de répondre à mon ardeur extrême,
Et songez que mon maitre arrive à l'heure même.

SCÈNE III.

MARIN, seul.

Vingt louis ! male-peste ! Allons, mon cher Marin,
Il ne faut pas rester dans un si beau chemin.
Mais quoi ! trahir Damon ! Non, cela ne peut être :
Il ne faut pas, ma foi, trahir un si bon maître ;
Il vient de m'assurer certaine pension,
Qui dans la suite aura quelque augmentation :
Et le tout, pour venir ici leur faire accroire
Qu'il est aveugle. Allons, il y va de ma gloire,
De soutenir toujours ce que j'ai commencé.
Des gens nous ont mandé que monsieur l Empese,

Ce médecin pimpant, ce marchand de denrées
Pour rétablir le teint des beautés délabrées,
Étoit dans ce logis du matin jusqu'au soir,
Que même Léonor lui donnoit quelque espoir.
On nous mande de plus qu'elle adore Léandre,
Et qu'il est à Paris quand on le croit en Flandre;
C'est ce que dans ce jour mon maitre veut savoir,
Et qu'il verra bien mieux, feignant de ne rien voir.
Ce qu'il en fait pourtant n'est pas par jalousie;
Il doit être guéri de cette frénésie :
Il veut se réjouir; c'est là, je crois, son but,
Mettre à bout Léonor et ses amants.... Mais chut !
La voici de retour aussi bien que Lisette.
Prenons de toutes mains, et dupons la coquette.

SCÈNE IV.

LÉONOR, LISETTE. MARIN.

MARIN.

Eh bien ! ces vingt louis sont-ils prêts ?

LÉONOR, *lui donnant une bourse.*

Les voici.

MARIN.

Je les prends sans compter, et vous dis grand merci.

LISETTE.

Pour que tu sois au fait, il faut d'abord t'apprendre
Qu'on n'aime plus Damon, et qu'on aime Léandre.

MARIN.

Il est donc à Paris? Ma foi, c'est fort bien fait;
J'approuve votre goût, et j'en suis en effet.
Dans ma façon d'aimer tous les jours je préfère,
Et la nièce à la tante, et la fille à la mère.

LÉONOR.

Finis, Marin, et sois seulement diligent...

MARIN.

Comptez sur mon esprit, mon zèle et votre argent.

LÉONOR.

Préviens d'abord Damon ; dis-lui que mon visage
A perdu les attraits qu'il avoit en partage.

MARIN.

Oui, je saurai vous peindre en remède d'amour ;
Mais voici votre tante.

SCÈNE V.

LÉONOR, LA TANTE, LISETTE, MARIN.

MARIN.

Eh ! madame, bonjour.

LA TANTE.

Qu'ai je appris, cher Marin ? Quel accident terrible !
Damon revient aveugle, ô ciel ! est-il possible ?

MARIN.

Madame, il est trop vrai.

LA TANTE.

Que je le plains, hélas !
Quoiqu'il n'ait pas rendu justice à mes appas,
Et qu'il ait négligé la tante pour la nièce,
J'avourai que toujours pour lui je m'intéresse.

LÉONOR.

Vous le plaignez, ma tante ; ah ! ne plaignez que moi,
Je me vois dans l'état le plus cruel...

LA TANTE.

Pourquoi ?

14.

LÉONOR.

Épouser un aveugle! ah! cette seule idée
Me fait frémir d'horreur.

LA TANTE.

J'en suis persuadée;
Cependant aujourd'hui la disette d'amants
Est si grande, si grande... Il faut suivre le temps.

MARIN.

Oui, l'espèce est si rare!

LA TANTE.

On est belles, bien faites,
Et l'on passe ses jours sans ouir des fleurettes.

LISETTE.

Nous ne nous sentons point de la disette ici,
Et nous ne manquons point d'épouseurs, Dieu merci.
Car de quelque façon que l'on puisse le prendre,
Il nous en restera toujours deux à revendre :
Fournissez-vous chez nous

LÉONOR.

Mon dieu, ne raillons pas,
Et songeons bien plutôt à sortir d'embarras.

LISETTE.

Attendez, il me vient une idée admirable.
Si nous pouvions trouver quelque personne-aimable
Qui, près de notre aveugle, osât passer pour vous.

LÉONOR.

Plaisante invention !

LISETTE.

Pourquoi? que savez-vous?
Un aveugle à tromper n'est pas si difficile;
Et s'il se rencontroit une personne habile
Qui pût bien imiter le son de votre voix...

LÉONOR.

Où la trouver, dis-nous? et de qui faire choix?

MARIN.

Cela se trouvera; quelque mince grisette,
Qui pour se marier... Par exemple, Lisette.

LISETTE.

Qui, moi? Je ne veux point d'un aveugle.

MARIN.

Comment?
Pourrois-tu là-dessus balancer un moment?

LA TANTE.

Ne cherchez pas plus loin, j'ai trouvé votre affaire,
Une belle personne, et qui saura lui plaire,
D'agrément et d'esprit en tout semblable à toi,
Qui déguise sa voix à merveille; et c'est moi.

LISETTE.

Fi donc! madame, fi!

LA TANTE.

Pourquoi donc, je vous prie?
Qui vous fait récrier de la sorte, ma mie?

LISETTE.

Par ma foi, c'est votre âge.

LA TANTE.

Eh! n'ayez point de peur:
De ma nièce toujours j'ai passé pour la sœur,
Et de mon âge au sien le peu de différence
Ne vaut pas après tout ..

MARIN.

Bon, belle conséquence.
(Du ton d'un marqueur de jeu de paume.)
Quarante-cinq à quinze.

LA TANTE.

Enfin, quoi qu'il en soit,
Je joûrai bien mon rôle, et mieux que l'on ne croit.

MARIN.

Moi d'ailleurs, je peindrai Léonor si changée,
Et de telle façon sa beauté dérangée,
Que quand quelqu'un voudroit l'éclaircir sur ce point,
Ce qu'on pourroit lui dire, il ne le croiroit point.

LÉONOR.

Ma tante, je crains bien...

LA TANTE.

Ne te mets point en peine;
Je suis ta belle-mère, et même ta marraine;
Nous portons même nom de fille et de maris.
Je suis veuve du père, et toi veuve du fils,
Pour ton air enfantin, je l'attrape à merveille.

LISETTE.

Songez bien qu'un aveugle a souvent bonne oreille;
Et que quand à l'abord il donneroit dedans,
Il pourroit dans la suite...

LA TANTE.

Et c'est où je l'attends:
Quand il reconnoîtra cette aimable imposture,
Il sera trop content de m'avoir, j'en suis sûre.

MARIN.

Le moyen d'en douter!

LÉONOR.

Avant tout, cher Marin,
Je voudrois que Léandre apprit notre dessein,
Il loge chez Damis.

MARIN.

J'y vais; c'est ici proche.

(*A part.*)
Bon, autre argent qui va pleuvoir dans notre poche.

LÉONOR.

De son oncle d'abord apprends-lui le retour ;
Qu'il ne paroisse point ici de tout le jour,
Ou du moins, s'il y vient, qu'il songe à se contraindre.

MARIN.

Je dirai ce qu'il faut, vous n'avez rien à craindre ;

(*A part.*)

Reposez-vous sur moi. La fourbe a réussi :
Allons vite avertir Damon de tout ceci.

SCÈNE VI.

LÉONOR, LA TANTE, LISETTE.

LISETTE.

Ah ! j'entends l'Empesé.

LA TANTE.

L'incommode visite !
Je ne le puis souffrir, défais-t'en au plus vite ;
Je passe cependant dans ton appartement,
Où je veux réfléchir sur mon rôle un moment.

SCÈNE VII.

LÉONOR, L'EMPESÉ, LISETTE.

LÉONOR, à *Lisette.*

Qu'il vient mal à propos !

L'EMPESÉ.

Bonjour, beauté brillante,
Toujours plus gracieuse, et toujours plus charmante
Que tout ce que mes yeux ont vu de plus charmant.

LISETTE.

Ah ! pour une autre fois gardez ce compliment,
Nous avons du chagrin.

L'EMPESÉ.

Pardon, ma belle reine.
Si mon retardement a causé votre peine.
Mes gens m'ont désolé ; j'ai cru n'être jamais
En état de venir adorer vos attraits :
J'ai si fort querellé, que j'en serai malade ;
Ils m'avoient égaré mes eaux et ma pommade.
Mais quoi ! vous soupirez ? parlez, expliquez-vous ;
Sont-ce soupirs d'amour, de crainte ou de courroux ?

LÉONOR.

C'en sont de désespoir, désespoir qui me tue.
Enfin c'est de Damon l'arrivée imprévue.

L'EMPESÉ.

Damon ? quoi ! ce rival que mon amour vainqueur
A depuis son départ banni de votre cœur ?

LISETTE.

Lui-même à l'épouser il voudra la contraindre ;
Ils ont un bon dédit.

L'EMPESÉ.

Elle n'a rien à craindre,
Je le pairai, Lisette ; et dussé-je...

LISETTE.

Non pas,
Nous voulons sans payer la tirer d'embarras ;
Et si par un détour de chicane subtile...

L'EMPESÉ.

Eh bien ! cela n'est pas, je crois, si difficile.

LISETTE.

Pas trop, puisque Damon est aveugle.

L'EMPESÉ.

Comment?

LISETTE.

Un boulet de canon, fort impertinemment,
Passant près de ses yeux a frôlé la prunelle,
Et le vent... détruisant... la force visuelle...
Il est aveugle enfin, voilà quel est son sort.

L'EMPESÉ.

Oh! coup de vent heureux, qui me conduit au port!

LÉONOR.

Comment? vous vous flattez que ce malheur...

L'EMPESÉ.

Sans doute,
Je lui fais un procès sur ce qu'il ne voit goutte.
J'ai, comme vous savez, mon frère l'avocat
Qui brille au parlement avec assez d'éclat.
Sans perdre plus de temps, dès demain il le somme
A nous représenter dans la huitaine un homme
Muni de ses cinq sens, qui de corps et d'esprit
Soit tel qu'il s'est fait voir en signant le dédit.

LISETTE.

C'est là le prendre bien. Mais je l'entends lui-même.

LÉONOR.

Ah! Lisette, je suis dans un désordre extrême,
Je n'ose soutenir...

LISETTE.

Je vais le recevoir,
Rentrez; et vous, monsieur, adieu, jusqu'au revoir.

L'EMPESÉ.

Ne pouvant être vu, je puis rester, Lisette.

LISETTE, le repoussant.

Vous vous moquez de moi.

L'EMPESÉ.

Que rien ne t'inquiète.

LISETTE.

Ma foi, vous sortirez.

L'EMPESÉ.

Non, je suis curieux

De voir comme s'exprime un aveugle amoureux.

LISETTE.

J'enrage.

SCÈNE VIII.

DAMON, L'EMPESÉ, LISETTE.

DAMON, *contrefaisant l'aveugle.*

Holà! quelqu'un? Marin? tout m'abandonne

Et dans cette maison je ne trouve personne.

LISETTE.

Monsieur, on vient à vous.

DAMON.

C'est Léonor, je crois?

LISETTE.

Non, monsieur, c'est Lisette.

DAMON.

Eh bien! tu me revois,

Mais je ne puis avoir un pareil avantage.

LISETTE.

Vos yeux sont toujours beaux, hélas! c'est grand dommage.

DAMON.

Où Léonor est-elle?

LISETTE.

En son appartement,

Et je vais l'avertir dans ce même moment...

DAMON, *allant embrasser l'Empesé.*
Du moins auparavant il faut que je t'embrasse...
Qu'est-ceci? c'est un homme. Eh quoi! dans ma disgrâce,
Léonor pourroit-elle, en bravant mon courroux,
Introduire céans...

LISETTE.

Eh là, monsieur, tout doux!
Ce n'est qu'un domestique.

DAMON.

Ah! c'est une autre affaire.

LISETTE.

Madame du premier a voulu se defaire,
C'étoit un paresseux qui n'avoit aucun soin :
Passez dans l'antichambre.

DAMON.

Eh non, j'en ai besoin.
Un fauteuil. Je me sens les jambes si serrées...
Eh l'ami, tire-moi mes bottines fourrées.

LISETTE.

Allons, dépêchez-vous.

L'EMPESÉ, *bas, à Lisette.*

Qui, moi le débotter?
Non, parbleu, je m'en vais.

LISETTE, *bas, à l'Empesé, le retenant.*

Ce seroit tout gâter.
Que pourroit-il penser?

L'EMPESÉ, *bas, à Lisette.*

Oui, mais par où m'y prendre?

LISETTE, *bas, à l'Empesé.*

Vous méritez cela, pourquoi vouloir attendre?...

DAMON.

Eh bien! faquin, à quoi peux-tu donc t'amuser?

LISETTE.

Il est novice encore, il le faut excuser.

DAMON.

Ah ! je vous ferai bien remuer cette idole.
Se dépêchera-t-on , à la fin ?...

LISETTE.

Carmagnole,
Débottez donc monsieur.

L'EMPESÉ, *bas, à Lisette.*

Je ne pourrai jamais.

LISETTE, *lui ôtant son manteau.*

Otez votre casaque.

DAMON.

(*Ici l'Empesé débotte Damon.*)

Ah ! le maudit laquais.
On voit bien que jamais il ne fut à la guerre ;
Tire à toi, fort, plus fort. Il est, je crois, par terre.

L'EMPESÉ, *se relevant.*

Je n'y puis résister, Lisette, absolument.

DAMON, *présentant son autre jambe.*

Allons, à l'autre.

L'EMPESÉ, *bas, à Lisette.*

Encore une autre ?

LISETTE, *bas, à l'Empesé.*

Apparemment.
Il faut bien achever. Mais son valet s'avance ;
Ne craignez rien, il est de notre intelligence.

L'EMPESÉ, *à part.*

Je respire.

SCÈNE IX.

DAMON, L'EMPESÉ, LISETTE, MARIN *chargé*
d'une grosse malle.

MARIN.

Ah, ah, ah!

DAMON.

Qui te fait rire ainsi?

MARIN.
(*A Lisette.*)

C'est, monsieur... Apprends-moi ce qui se passe ici.

LISETTE, *bas, à Marin.*

Ne fais semblant de rien.

DAMON.

D'où viens-tu, double traître?

Dans l'état où je suis peut-on laisser un maître,
L'abandonner aux mains d'un butor, d'un lourdaud?

MARIN.

Il falloit apporter votre malle ici haut.

DAMON.

Il falloit se hâter.

MARIN.

La charge est trop pesante.

Votre malle, monsieur, pèse deux cent cinquante;
Par ma foi, quand j'aurois la force d'un mulet...

DAMON.

Chargez-la sur le dos de ce maudit valet.

L'EMPESÉ, *à part.*

Encore?

MARIN.

Quel valet, s'il vous plaît?

DAMON.

Carmagnole.

Un benêt, qui depuis une heure me désole:
Dans mon appartement qu'il aille la porter;
Achève cependant toi de me débotter.

MARIN, *mettant rudement la malle sur le dos de*
l'Empesé.

Tenez donc, Carmagnole.

L'EMPESÉ, *la laissant choir.*

Oh! le diable t'emporte,
Je ne saurois porter un fardeau de la sorte:
Je crois que tu me prends pour un cheval de bâts.
Adieu, je reviendrai quand il n'y sera pas.

SCÈNE X.

DAMON, LISETTE, MARIN.

DAMON.

LISETTE, fais venir Léonor, je te prie:
De son retardement à la fin je m'ennuie.

LISETTE.

J'y vais, monsieur.

SCÈNE XI.

DAMON, MARIN.

DAMON.

Eh bien! que t'en semble, Marin?
J'ai bien turlupiné monsieur le médecin.
Léonor, après tout, doit être bien coquette,
Si d'un pareil galant elle entend la fleurette.

MARIN.

Monsieur, il ne faut pas disputer sur les goûts.
Ne vous y trompez pas, tel passe parmi nous
Pour un fat, un benêt, un nigaud, une cruche,
Que des femmes souvent il est la coqueluche.

DAMON.

Passe encor pour Léandre, il a quelque agrément.
Il est donc à Paris malgré tout?

MARIN.

               Oui, vraiment.
Je viens de lui parler, vous dis-je, à l'heure même.

DAMON.

Et tu ne doutes point que Léonor ne l'aime?

MARIN.

Le moyen d'en douter!

DAMON.

             Il est instruit du tour
Que la tante prétend jouer à mon amour?

MARIN.

Il en est informé par moi-même.

DAMON.

             Le traître!
Avant la fin du jour, je lui ferai connoître....

MARIN.

Je vous croyois guéri, monsieur, absolument.

DAMON.

Pas tout-à-fait encore, à parler franchement.
Et j'ai besoin de voir tous les tours qu'on m'apprête.
Mais comment Léonor me croit-elle si bête,
Et peut-elle me tendre un si grossier appas?

MARIN.

Elle vous croit aveugle, et vous ne l'êtes pas;
Peut-être que l'étant, vous prendriez le change.   15.

DAMON.

Il faudroit que je fusse en un état étrange,
Et que j'eusse perdu tous les sens à la fois.
Mais quelqu'un vient ici, c'est la tante, je crois ;
C'est elle-même, songe à seconder ma feinte.

MARIN.

Allez, je suis au fait, n'ayez aucune crainte.

SCÈNE XII.

DAMON, LA TANTE, MARIN.

DAMON.

Léonor ne vient point?

MARIN.

Eh ! monsieur, la voici.

DAMON, *allant vers la porte.*

Ah ! madame.

MARIN, *l'arrêtant.*

Attendez, ce n'est pas par ici.
Où diable allez-vous donc parler à cette porte ?

LA TANTE, *contrefaisant la voix de Léonor.*

Ah ! Damon, quel chagrin de vous voir de la sorte !

DAMON.

Que sa voix est changée !

MARIN.

On vous le disoit bien ;
Mais auprès de ses traits, monsieur, cela n'est rien.

DAMON.

N'importe, elle a toujours pour moi les mêmes charmes.

LA TANTE.

Ciel ! que votre accident m'a fait verser de larmes !
Si vous saviez, mon cher !

DAMON.

Ah ! je n'en doute pas.

LA TANTE.

Je ne saurois parler, et mes soupirs.... Hélas !
Je ne sais pas comment je suis encore en vie.

DAMON.

Ne vous affligez point, Léonor, je vous prie ;
Vous me percez le cœur : songez que vos attraits
Pourroient par tant de pleurs se perdre pour jamais.

MARIN.

Elle en a déja bien perdu, l'état funeste....

DAMON.

Pour un aveugle, hélas ! c'est trop que ce qui reste.
Après tout, ces attraits que tu dis si changés,
J'aurois plaisir peut-être à les voir dérangés :
Une beauté bizarre a souvent l'art de plaire,
Bien plus que ne feroit une plus régulière.

MARIN.

Vous devez donc, monsieur, ne vous chagriner point.
La beauté de madame est bizarre à tel point....

LA TANTE.

Enfin de ma beauté quoi que vous puissiez croire,
sur bien d'autres on peut me donner la victoire ;
Pour mon esprit, il est augmenté des trois quarts :
On m'en fait compliment aussi de toutes parts.

DAMON.

Ah ! madame, on sait trop que c'est une merveille.

LA TANTE.

De mille doux propos remplissant votre oreille,
Je vous consolerai d'avoir perdu les yeux :
Je veux être avec vous en tous temps, en tous lieux.

DAMON.

Que j'aurai de plaisir ! hâtez donc cette affaire.

Et courez promptement chez le premier notaire.
Mettez dans le contrat tout ce qu'il vous plaira :
Laissez mon nom en blanc, qu'ici l'on remplira :
J'ai mes raisons qui sont de peu de conséquence :
Pour vous, signez toujours, et faites diligence.

LA TANTE.

J'y vais, et dans l'instant je serai de retour.

MARIN, *bas, à la tante.*

Prenez quelque notaire éloigné du carfour,
Et qui ne puisse ici reconnoître personne.

LA TANTE, *bas, à Marin.*

C'est fort bien avisé, la prévoyance est bonne.
Lorsque j'aurai signé, j'enverrai le contrat ;
Et ne paroitrai point de peur de quelque éclat :
Il pourroit survenir des amis de ton maitre,
Qui me reconnoissant gâteroient tout peut-être.

DAMON.

Vous n'êtes point partie ? ah ! ce retardement
A mon cœur amoureux est un nouveau tourment.
Répondez, Léonor, à mon ardeur extrême.

LA TANTE.

J'y vais, j'y cours, j'y vole, et je reviens de même.

SCÈNE XIII.

DAMON, MARIN.

MARIN.

MAUGRÉBLEU de la folle !

DAMON.

Allons, ce n'est pas tout,
Et je prétends pousser la chose jusqu'au bout ;
Je veux que l'Empesé....

MARIN.

Paix, j'aperçois Léandre.

Votre dessein étoit de venir le surprendre :
Le voilà tout surpris.

DAMON.

Il n'est pas temps encor,

Et je veux le surprendre avecque Léonor.
Je passe dans ma chambre, et je vous laisse ensemble.

SCÈNE XIV.

LÉANDRE; MARIN, *après avoir conduit Damon
jusqu'à la porte de son appartement.*

LÉANDRE.

Eh bien ! mon cher Marin.

MARIN.

Avancez-vous.

LÉANDRE.

Je tremble.

Comment cela va-t-il ?

MARIN.

Tout va bien, dieu merci,

Et comme on l'espéroit, la chose a réussi.
Votre oncle a pris le change.

LÉANDRE.

Il épouse la tante ?

MARIN.

Elle est chez le notaire à remplir notre attente.
Mais voici Léonor qui peut vous assurer...

SCÈNE XV.

LÉONOR, LÉANDRE, MARIN, LISETTE.

LÉANDRE.

Eh bien! madame, enfin, on peut donc espérer....

LEONOR.

Selon ce qu'aura fait ma tante.

MARIN.

Des merveilles.

Elle a de notre aveugle enchanté les oreilles :
Il attend le contrat qu'il s'apprête à signer.

LÉONOR.

Je ne sais pas comment cela pourra tourner :
Mais, quoi que l'on oppose à mon amour extrême,
Soyez sûr que toujours vous me verrez la même.

LÉANDRE.

Ah! quel espoir charmant! souffrez qu'à vos genoux...

MARIN.

Chut, ne remuez pas : l'aveugle vient à nous.

SCÈNE XVI.

DAMON, LÉONOR, LÉANDRE, LISETTE, MARIN.

DAMON.

CHARMANTE Léonor, votre voix adorable
Frappe encor mon oreille.

LISETTE.

Ah! voilà bien le diable!

DAMON.

Vous n'êtes point partie encore, et votre amour....

MARIN.

Pardonnez-moi, monsieur, c'est qu'elle est de retour.

DAMON.

Hé bien ! qu'avez-vous fait ?

MARIN.

Le notaire est en ville.

DAMON.

Il en faut prendre un autre, est-il si difficile ?

LISETTE.

Elle y va retourner.

DAMON.

Qu'elle reste un moment.

Je serai bien payé de ce retardement,

Par les douceurs qui vont sortir de cette bouche.

Redites donc cent fois que mon amour vous touche ;

Redoublez, Léonor, ces soupirs amoureux,

Qui viennent de me mettre au comble de mes vœux.

LÉONOR, *bas, à Marin.*

Que lui disoit ma tante ?

MARIN.

Ah ! j'aurois de la peine

A m'en ressouvenir.

LÉONOR, *à part.*

Juste ciel ! quelle gêne !

Parlons, puisqu'il le faut. Oui, je n'aime que vous ;

(*Se tournant du côté de Léandre.*)

Je fais tout mon bonheur de vous voir mon époux.

DAMON, *bas.*

Quelle impudence ! mais ne faisons rien connoître.

(*Haut.*)

Que je suis satisfait ! que j'ai sujet de l'être !

De ma reconnoissance attendez les effets.

LÉONOR.

Je n'en mérite point de tout ce que je fais.

Croyez que je ne suis que mon amour extrême,

(*Se tournant toujours du côté de Léandre.*)

Et que je vois ici le seul objet que j'aime.

MARIN, *à Léonor.*

Que ne peut-il vous voir de même en ces instants !
Ah ! qu'il seroit content !

DAMON.

Si je ne vois, j'entends.

LÉONOR, *donnant la main à Léandre.*

Oui, ma main suit mon cœur, et dans cette journée
Mes vœux seront remplis si les nœuds d'hyménée...

DAMON, *prenant la main de Léandre.*

Donnez-moi cette main qui va me rendre heureux.
Que par mille baisers, aussi doux qu'amoureux....
Quelle main est-ce là ? que faut-il que je pense ?

MARIN, *s'approchant.*

C'est la mienne, monsieur.

DAMON, *donnant un soufflet à Léandre.*

Tiens, de ton insolence,

Maraud, voilà le prix.

LÉONOR, *bas, à Léandre.*

Je suis au désespoir.

DAMON.

Je t'apprendrai, faquin....

MARIN, *d'un ton pleurant, comme s'il avoit reçu le
coup.*

Revenez-y pour voir.

LÉANDRE, *bas, à Marin.*

Te moques-tu de moi ?

LÉONOR.

Vous êtes en colère,

Je vous quitte et je vais retourner au notaire.

DAMON.

Allez donc, et hâtez ces précieux instants :
Qu'il apporte au plus tôt le contrat, je l'attends...

SCÈNE XVII.

DAMON, MARIN.

MARIN.

Il n'est pas avec moi besoin que l'on s'explique ;
Je vous ai, comme il faut, donné votre réplique :
Mais, s'il vous plait, monsieur, quel est votre dessein ?

DAMON.

De marier la vieille avec le médecin.

MARIN.

Quoi ! monsieur l'Empesé, le mari de la tante ?
Le trait seroit bouffon, et la pièce plaisante.
Je vais vous le chercher, je sais bien à peu près...
Mais par ma foi la bête entre dans nos filets,
Et le voici lui-même.

SCÈNE XVIII.

DAMON, L'EMPESÉ, MARIN.

L'EMPESÉ, *bas, à Marin.*
Où Léonor est-elle ?

MARIN, *tristement.*

Chez le notaire.

L'EMPESÉ, *bas, à Marin.*
O ciel ! quelle triste nouvelle !

Elle épouse Damon ?

MARIN, *bas, à l'Empesé.*
C'est à son grand regret.

L'EMPESÉ.

Je venois l'informer de tout ce que j'ai fait,
Mon frère m'ayant dit que l'affaire étoit bonne.

DAMON.

A qui donc parles-tu ?

MARIN.

Moi, monsieur? à personne.

DAMON.

Tu me trompes, j'entends marcher quelqu'un ici.

L'EMPESÉ.

Je tremble.

DAMON, gagnant la porte, et tâtonnant partout avec
son bâton.

Je me veux éclaircir de ceci.

MARIN, bas, à l'Empesé.

Que lui dire? ma foi, j'ai perdu la parole.

L'EMPESÉ, bas, à Marin.

Dis ce que tu voudras: mais plus de Carmagnole.

MARIN, à Damon.

C'est monsieur l'Empesé, très savant médecin,
Qui vient vous apporter un remède divin,
Que pour guérir les yeux il soutient admirable.

DAMON,

Vraiment d'un pareil soin je lui suis redevable.
Je ne sais pas, monsieur, par où j'ai mérité,
Que pour moi vous puissiez avoir tant de bonté.
Donnez-moi ce remède, il faut que je l'éprouve.

MARIN, bas, à l'Empesé.

Allons, cherchez, monsieur,

L'EMPESÉ, bas, à Marin.

Que veux-tu que je trouve?

MARIN, *bas, à l'Empesé.*

N'avez-vous point sur vous quelque poudre, quelque eau
Pour le faire encor mieux donner dans le panneau?

L'EMPESÉ, *bas, à Marin.*

J'ai de l'eau pour le teint, mais peste elle est trop forte !
La composition en est faite de sorte....

MARIN, *bas, à l'Empesé.*

Bon, bon, donnez toujours, pour sortir d'embarras.

L'EMPESÉ, *bas, à Marin.*

La voilà, prenez soin qu'il ne s'en serve pas.

MARIN, *regardant le flacon.*

Qu'importe? La belle eau ! la vue est éclaircie
Seulement à la voir.

DAMON.

Je vous en remercie :
Si j'en suis soulagé, je vous devrai beaucoup.

MARIN.

Vous seriez bien surpris de voir clair tout d'un coup.

DAMON.

Comment ! je donnerois tout ce que je possède,
Que je croirois trop peu payer un tel remède.

MARIN.

Mais, monsieur, pour guérir, il faudroit commencer
Par bannir Léonor, et n'y jamais penser ;
Car la femme à la vue est tout-à-fait contraire.

L'EMPESÉ.

Hippocrate le dit.

DAMON.

Mais comment veux-tu faire ?
La rupture à présent causeroit trop d'éclat.
On va dans ce moment m'apporter le contrat

Signé de Léonor : elle pourroit se plaindre;
A payer le dédit on me pourroit contraindre.

L'EMPESÉ.

Et pourquoi? Léonor ayant beaucoup d'appas,
Quelqu'ami ne peut-il vous tirer d'embarras,
Envers elle acquitter la parole donnée?

DAMON.

Monsieur, quand il s'agit des nœuds de l'hymenée,
On ne voit point d'ami complaisant, généreux,
Jusqu'à franchir pour nous un pas si hasardeux.

L'EMPESÉ.

Il s'en pourroit trouver, qui sans beaucoup de peine,
Se chargeroit pour vous d'une si douce chaine.

MARIN.

(Bas.)   (Haut.)

Il gobe l'hameçon. On voit assez d'amis
Prendre en de certains cas la place des maris;
Mais ils s'en tiennent là, sans risquer davantage,
Et laissent aux époux les charges du ménage.

DAMON.

Enfin je vois qu'il faut exposer ma santé,
Car personne jamais n'aura tant de bonté.

L'EMPESÉ.

Pardonnez-moi, monsieur, j'ai trouvé votre affaire,
Un homme à qui déja Léonor a su plaire,
Et qui d'ailleurs, je crois, ne lui déplairoit pas.

DAMON.

Qui seroit-ce? L'espoir de sortir d'embarras
Flatte déja mon cœur, et ma joie est extrême..
N'hésitez point, monsieur, à le nommer.

L'EMPESÉ.

Moi-même,

Qui de vous obliger eus toujours grand désir.

DAMON.

Quoi! vous pourriez, monsieur, me faire ce plaisir?
Épouser Léonor? ah! quelle complaisance!
Quels seront les effets de ma reconnoissance!

MARIN, à Damon.

Voilà ce qui s'appelle un véritable ami:
Monsieur ne vous veut pas obliger à demi.

DAMON.

Puisque vous voulez bien me faire cette grâce,
Vous n'avez qu'à signer le contrat en ma place:
On va me l'apporter dans ce même moment.

L'EMPESÉ.

Léonor en sera ravie assurément.

DAMON.

Pour plus de sûreté, faisons croire au notaire
Que vous êtes celui pour qui se fait l'affaire:
Le contrat est déjà signé de Léonor,
Et comme on n'a pas mis mes qualités encor,
Avecque votre nom on y mettra les vôtres.

MARIN.

Il faut bien s'obliger ainsi les uns les autres.
Mais le notaire vient.

DAMON, à l'Empesé.

Cachons-lui tout ceci.

(A Marin.)

Toi, prends garde qu'aucun ne nous surprenne ici.
(Marin apporte une table et deux sièges avant de s'en
aller.)

SCÈNE XIX.

DAMON, L'EMPESÉ, LE NOTAIRE.

LE NOTAIRE.

A tous présents, salut. Jamais dans mon étude,
Avec tant de justesse et tant de promptitude,
Depuis trente-trois ans il ne s'est fait contrat...

DAMON.

Enfin, quoi qu'il en soit, tout est-il en état ?

LE NOTAIRE.

Oui, monsieur, il ne faut seulement que m'apprendre
Le nom, les qualités que le futur veut prendre.
Mais, messieurs, à vous voir les yeux que je vous vois,
Qui des deux, s'il vous plaît, est aveugle?

L'EMPESÉ.

C'est moi.

LE NOTAIRE.

O ciel! qui l'auroit cru? c'est vraiment grand dommage.

L'EMPES

Il est vrai; mais signons, sans tarder davantage.

LE NOTAIRE.

Il faut lire du moins le contrat.

L'EMPESÉ.

Nullement,

Léonor l'a signé, je signe aveuglément.

LE NOTAIRE.

La future est pressante, et vous encor plus qu'elle.
Signez donc : c'est, je crois, Damon qu'on vous appelle.

L'EMPESÉ.

De me donner ce nom je m'étois avisé.

(*L'Empesé signe le contrat, et le notaire lui conduit la main, le croyant aveugle.*)
Mais je signe toujours Damien l'Empesé.

LE NOTAIRE *écrit.*

Vos qualités?

L'EMPESÉ.

Hélas! après mon infortune,
Je ne crois pas, monsieur, en devoir prendre aucune;
Bon bourgeois de Paris, et cela suffira.

DAMON.

Adieu, monsieur; tantôt on vous satisfera;
On aura même égard à votre diligence.

LE NOTAIRE.

Je ne demande rien, je suis payé d'avance;
Madame Léonor a su prendre ce soin.

SCÈNE XX.

DAMON, L'EMPESÉ.

L'EMPESÉ.

De beaucoup de finesse on n'a pas eu besoin;
Mais, monsieur, pardonnez à mon impatience:
Je cours à Léonor apprendre en diligence
Que le sort a rempli le plus doux de ses vœux.

DAMON.

Allez, mon cher, allez, et tenez-vous joyeux.

SCÈNE XXI.

DAMON, *seul.*

MA foi, je m'applaudis, et le tour est trop drôle;
Avec notre benêt j'ai bien joué mon rôle;

Il est temps de finir, je suis assez instruit,
Et j'en ai vu bien plus qu'on ne m'en avoit dit.

SCÈNE XXII.

DAMON, MARIN.

MARIN.

MONSIEUR, songez à vous : Léonor et Léandre
Vont revenir ici ; je leur ai fait entendre
Que vous dormiez.

DAMON.

       Fort bien. Il faut, mon cher Marin
Que quelque tour plaisant à ceci mette fin.

MARIN.

Pour vous mieux seconder, si vous vouliez me dire...

DAMON.

Tu viendras dans ma chambre, où je saurai t'instruire ;
Il ne faut que deux mots pour que tu sois au fait.

SCÈNE XXIII.

MARIN, *seul.*

IL va leur préparer encore un nouveau trait ;
D'avance je l'approuve, et mon âme ravie...
Mais voici tous nos gens, jouons la comédie.

SCÈNE XXIV.

LÉANDRE, LÉONOR, LISETTE, MARIN.

LISETTE.

EH bien ! dort-il encore ?

MARIN.

       À faire tout trembler ;
La maison tomberoit, je crois, sans le troubler.

LÉONOR.

Va-t-en près de son lit ; et pour peu qu'il remue,
Reviens nous avertir ; car je serois perdue
S'il entendoit la voix de Léandre.

MARIN.

Fort bien.
Discourez à votre aise, et n'appréhendez rien.

SCÈNE XXV.

LÉANDRE, LÉONOR, LISETTE.

LÉANDRE.

JE ne reviens ici qu'en tremblant, je l'avoue.
Quand mon oncle saura la pièce qu'on lui joue,
S'il me croit avoir part à cette invention,
C'est peu d'être frustré de sa succession,
Son courroux...

LÉONOR.

Tout est fait, et ma tante est sa femme,
Qui, comme elle voudra, saura tourner son âme.

LISETTE.

Dans les commencements, il crira, pestera,
Fera le diable à quatre, et puis s'apaisera ;
Ses soupçons ne pourront tomber que sur la tante,
Qui, malgré ses froideurs, lui fut toujours constante,
Et qui pour se venger de son nouvel amour,
Sans nous en informer, aura joué ce tour.
Laissez-leur entre eux deux démêler la fusée.
Je vous la garantis femelle aussi rusée...

SCÈNE XXVI.

LÉANDRE, LÉONOR, LISETTE, MARIN.

MARIN.

O disgrâce terrible! inopiné malheur!   .

LÉANDRE.

Que seroit-ce, Marin?

LÉONOR.

Je tremble de frayeur.

MARIN.

Damon voit clair d'un œil.

LÉANDRE.

Ah! juste ciel! qu'entends je?

LÉONOR.

Je suis au désespoir.

LISETTE, *pleurant.*

Quel accident étrange!

MARIN.

Il vient de s'éveiller avec un air joyeux.
Ah! Marin, m'a-t-il dit, ah! que je suis heureux!
Je vois clair de cet œil; voilà mon lit, ma table;
Te voilà, je te vois. Ah! remède admirable!
Eau divine! Va cours au plus tôt, cher Marin;
Va chercher l'Empesé, ce fameux médecin,
Qui m'a fait recouvrer la moitié de la vue :
La moitié de mon bien à ce service est due.

LISETTE.

Mais cette eau, disois-tu, n'étoit que pour le teint;
Et l'Empesé surpris s'étoit trouvé contraint...
Peste du médecin, et de son eau divine!

MARIN.

Ce n'est que par hasard qu'agit la médecine ;
Parmi ces *qui pro quo*, souvent si dangereux,
Il s'en peut rencontrer entre mille un heureux.

LISETTE.

Et de quel œil voit-il ?

MARIN.

De l'œil droit.

LÉONOR.

Ah ! Lisette,
De quoi t'informes-tu, quand mon âme inquiète
Éprouve en ce moment le sort le plus fatal,
Quand je dois craindre tout, d'un jaloux, d'un brutal....

LISETTE.

Ah ! ma foi, le voici.

LÉANDRE.

Je ne veux point l'attendre,
Je gagne l'escalier.

LÉONOR.

Que faites-vous, Léandre ?
A présent qu'il voit clair, il va vous rencontrer.

MARIN.

Dans son grand cabinet vous ferez mieux d'entrer.

LÉANDRE, *entrant dans le cabinet.*

Juste ciel ! quel revers !

SCÈNE XXVII.

DAMON, LÉONOR, LISETTE, MARIN, LÉANDRE *caché.*

DAMON.

Ah ! quel bonheur extrême !
Quoi ! je puis donc enfin revoir tout ce que j'aime !

Prenez part, Léonor, au plaisir que je sens.
O ciel! quel teint! quels yeux! quels appas ravissants!
Comment donc, malheureux! tu la disois affreuse.

MARIN.

C'est votre guérison qui la rend si joyeuse.
Qu'elle a dans un moment repris tous ses attraits.

DAMON.

Oui, je vous trouve encor plus belle que jamais.
Vous ne me dites rien, que faut-il que je croie?

MARIN.

Ce silence est encore un effet de sa joie.

DAMON.

Je veux bien m'en flatter. Qu'il est doux, mes enfans,
De revoir la lumière après un si long temps :
Je croyois n'avoir plus ce bonheur de ma vie.
Ah! quel plaisir charmant! déja je meurs d'envie
De revoir tous ces lieux, et surtout mes tableaux ·
Ce vont être pour moi des spectacles nouveaux.

LÉONOR, *bas, à Lisette.*

Dans son grand cabinet il va d'abord se rendre.
Que ferons-nous, Lisette? il y va voir Léandre.

LISETTE, *en empêchant Damon d'entrer dans le*
cabinet.

(*Bas, à Léonor.*)
Il faut parer le coup. Mais croyez-vous, monsieur,
Ne voir clair que d'un œil?

DAMON.

Pourquoi?

LISETTE.

Si par bonheur

Vous voyiez de tous deux?

DAMON.

Non, cela ne peut être.

LISETTE.

Dans ce moment, monsieur, nous le pourrons connoître.
Souffrez qu'avec ma main....

DAMON.

Oui-dà, je le veux bien.

LISETTE, *lui couvrant l'œil droit avec sa main.*

Parlez, que voyez-vous ?

DAMON.

Parbleu, je ne vois rien.

LISETTE.

Rien du tout ?

DAMON.

Non, vraiment.

LÉONOR, *faisant sortir Léandre du cabinet.*

Sortez sans plus attendre.

LISETTE.

Vous ne voyez donc rien ?

DAMON, *montrant Léandre qui sort du cabinet.*

Si fait, je vois Léandre
Qui sort dans ce moment de mon grand cabinet.

LISETTE.

Pour le coup nous voilà tous pris au trébuchet.

MARIN.

Parbleu, c'est à ce coup qu'il faut crier miracle,
Et cet objet pour vous est un nouveau spectacle.

DAMON.

D'où vous vient donc à tous ce grand étonnement ?
Est-ce de voir la fin de mon aveuglement ?

SCÈNE XXVIII.

DAMON, LÉANDRE, LISETTE, L'EMPESÉ,
MARIN.

DAMON.

MAIS j'aperçois, je crois, mon médecin. De grâce,
Approchez-vous, monsieur, venez qu'on vous embrasse
Votre divin remède....

L'EMPESÉ.

Eh bien ?

DAMON.

A réussi,
Je vois clair des deux yeux.

L'EMPESÉ, à part.

Que veut dire ceci
A cette guérison je ne puis rien connoître.

MARIN.

Vous êtes plus savant que vous ne croyez l'être.
Votre fortune est faite, il faut faire afficher,
De tous les lieux du monde on viendra vous chercher.

L'EMPESÉ, à Marin.

Je suis tout stupéfait, et plus heureux que sage.
Qui l'auroit cru, qu'une eau pour peler le visage
Guérit le mal des yeux ? je vois que désormais
On peut tout hasarder après un tel succès.

MARIN.

Ah ! parbleu, voici l'autre.

SCÈNE XXIX.

DAMON, LÉONOR, LÉANDRE, L'EMPESÉ, LA
TANTE, LISETTE, MARIN.

DAMON.

Ah, ah! c'est notre tante.
Eh quoi! la bonne femme est encore vivante?

LA TANTE.

Que veut dire cela, monsieur, vous voyez clair?

DAMON.

Un peu trop clair pour vous, je le vois à votre air.

LA TANTE.

Si vous voyez si clair, regardez votre femme;
J'ai signé le contrat pour ma nièce.

DAMON.

Ah! madame

LA TANTE.

Cela vous fâche un peu?

DAMON.

Moi, madame, pourquoi?
C'est monsieur l'Empesé qui l'a signé pour moi.
Regardez votre époux.

LA TANTE.

Vous vous moquez, je pense.

DAMON.

Je ne me moque point, je parle en conscience.

L'EMPESÉ.

Que veut dire cela?

MARIN.

Que pour l'avoir guéri,
(Montrant la tante.)
De ce jeune teudron il vous a fait mari.

DAMON.

Pouvois-je mieux payer un si rare service ?

L'EMPESÉ.

Une vieille !

LA TANTE.

Un benêt !

L'EMPESÉ.

Une folie !

LA TANTE.

Un jocrisse !

MARIN.

Fort bien, continuez ; c'est à des noms si doux
Qu'on reconnoît déja que vous êtes époux.

LA TANTE.

Pour me venger de vous, oui, je serai sa femme,
Et je vous ferai voir...

L'EMPESÉ.

Non, s'il vous plaît, madame.

LA TANTE.

Tout comme il vous plaira, monsieur, arrangez-vous ;
Il faut qu'il me revienne, à bon compte, un époux.

L'EMPESÉ.

Ah parbleu ! vous pouvez vous assurer d'un autre,
A mon âge épouser une femme du vôtre :
Vous avez cinquante ans, et des mieux mesurés.

MARIN.

Eh ! qu'importe ? monsieur, vous la rajeunirez :
Donnez-lui de cette eau qui pèle le visage.

L'EMPESÉ.

Ah ! c'est donc toi, maraud, avec ton beau langage,
Qui m'as fait tout du long donner dans le panneau ?
Je ne sais qui me tient.

DAMON.

Tout beau, monsieur, tout beau!
Ne vous emportez point.

LISETTE.

Qu'as-tu fait, double traître?

MARIN.

Je vous ai trompés tous, et j'ai servi mon maître.
En bonne foi, pouvois-je en agir autrement?
Mais, avant de crier, attends le dénoûment.

DAMON.

Oh çà, mon cher neveu, de vous qu'allons-nous faire?

LÉANDRE.

Tout ce qu'il vous plaira. suivez votre colère.
Je l'ai bien méritée, ayant pu m'oublier.

DAMON.

Eh bien donc, ma vengeance est de vous marier;
Épousez Léonor, ce sera votre peine.

LÉANDRE.

Je fais tout mon bonheur d'une si belle chaîne.

DAMON.

Quant à moi, je renonce à tout engagement:
J'aimois, et c'étoit là mon seul aveuglement;
J'ai recouvré la vue, et je veux bien vous dire
Que j'ai vu tous vos tours, et n'en ai fait que rire:
Avouez qu'il falloit être bien patient.

MARIN.

Voilà le véritable aveugle clairvoyant.

FIN DE L'AVEUGLE CLAIRVOYANT.

LE
ROI DE COCAGNE,

COMÉDIE,

PAR LEGRAND,

Représentée, pour la première fois, le 31 décembre
1718.

PERSONNAGES DU PROLOGUE.

THALIE, muse de la Comédie.

LA MUSE TRIVIALE.

GÉNIOT,

LA FARINIÈRE,   } Auteurs.

PLAISANTINET,

La scène est au pied du mont Parnasse.

PROLOGUE.

Le théâtre représente le mont Parnasse entouré
d'un bourbier.

SCÈNE I.

GÉNIOT.

A LA fin je me vois au pied du mont Parnasse.
Courage, il ne me reste plus,
Rempli des préceptes d'Horace,
Qu'à tâcher de monter dessus.
Mais je ne vois point de passage.
Je crains de me noyer
Dans ce maudit bourbier,
Où quantité d'auteurs ont déjà fait naufrage.
La Muse Triviale sort du bourbier.)
O dieux ! quel monstre en sort ?

LA MUSE TRIVIALE.

Un monstre ! parlez mieux,
Je suis la Muse Triviale,
Qui du beau milieu de la halle,
N'ai fait qu'un saut jusqu'en ces lieux.

GÉNIOT.

Ah ! madame la Muse,
Je vous demande excuse :
Ma foi, je ne vous connois pas ;
Et même plus je vous regarde,
Plus je vous crois Muse bâtarde.

LA MUSE.

Tout ce qu'il vous plaira, mais j'ai fait du fracas ;
Pour moi l'on a souvent abandonné la scène
    De Thalie et de Melpomène ;
    Et même, en dépit d'Apollon,
Je me suis établie au pied de ce vallon.

GÉNIOT.

    Eh ! par quelle assistance
    Avez-vous acquis tant d'honneurs ?

LA MUSE.

Ne parlons point d'honneurs, j'en ai fort peu, je pense :
    Je ne dois même ma naissance
    Qu'à certaine espèce d'auteurs
Qui, n'ayant jamais pu jouir des avantages
    De voir achever leurs ouvrages
    Sur un théâtre réglé,
Du bon goût du public ont enfin appelé
    Au tribunal peu sévère
    De la scène forestière :
    C'est là que sans peur des sifflets,
    Ils ont su se donner carrière,
Et se dédommager de leurs mauvais succès,
D'une manière libre autant qu'extravagante...
    Mais je vois un de mes héros !

SCÈNE II.

LA MUSE TRIVIALE, GÉNIOT, PLAISANTINET.

LA MUSE.

    Ah ! vous venez fort à propos,
Monsieur Plaisantinet, je suis votre servante.

PLAISANTINET.

Bonjour, Muse charmante.
Oh! parbleu cette fois je me suis surpassé,
  Et de moi vous serez contente.
J'ai dans mon sottisier avec soin ramassé
Proverbes, quolibets, contes du temps passé,
Dont j'ai su composer une pièce plaisante.
Pour le coup le Cothurne en sera terrassé.

GÉNIOT.

Je le veux soutenir, ce Cothurne, et ma veine...

PLAISANTINET.

Ma foi, mon pauvre ami, vous aurez de la peine.
  Sur le théâtre où vous voulez monter,
  Pour attirer du public les suffrages,
    Il ne faut que de bons ouvrages :
La médiocrité ne le peut contenter.

GÉNIOT

Comment donc une pièce un tant soit peu passable?

PLAISANTINET.

  Tout cela ne vaut pas le diable.

GÉNIOT.

De la façon dont vous m'en parlez là,
  Le public a peu d'indulgence ;
Et pour le contenter, il faut que la science
Égale le génie. Où rencontrer cela?
Où trouver un auteur qui puisse...

SCÈNE III.

LA MUSE TRIVIALE, GÉNIOT, PLAISANTINET,
LA FARINIÈRE.

LA FARINIÈRE.

Le voilà.

PLAISANTINET.

Comment ! vous prétendez, monsieur la Farinière...

LA FARINIÈRE.

J'ai surpassé Corneille, et Racine, et Molière ;
J'ai traduit des auteurs pleins de difficultés ;
Et mon savoir portant leurs ouvrages aux nues,
J'ai fait dans leurs écrits voir cent mille beautés,
Qu'ils n'avoient pas peut-être eux-mêmes bien connues ;
Enfin pour éviter un discours superflu.
Vous voyez le Phénix, le seul auteur illustre
  Qui puisse au théâtre abattu
  Rendre aujourd'hui son premier lustre.

GÉNIOT.

 Ma foi, vous vous moquez de nous ;
Depuis plus de trente ans vous tenez ce langage,
Sans que jusqu'à présent il ait paru de vous
  Sur le théâtre aucun ouvrage.

LA FARINIÈRE.

 Eh ! c'est la faute des acteurs,
  De qui l'envie, ou la malice,
  Ou l'ignorance, ou l'injustice,
 Écarte tous les bons auteurs.

GÉNIOT.

Pour qu'en votre faveur le public s'intéresse,
Et puisse être contre eux justement indigné,

Faites imprimer quelque pièce,
Voilà votre procès gagné.

LA FARINIÈRE.

Eh ! ne connoît-on pas aussi la fantaisie
    Des injustes approbateurs ?
    Qui ne sait que leur jalousie
    Passe encor celle des acteurs ?
Ils appréhendent tous qu'un sublime génie
Ne s'élève au-dessus de leurs productions,
Et le trouvant en moi, poussent leur tyrannie
Jusqu'à me refuser leurs approbations.
Je veux escalader aujourd'hui le Parnasse,
Et demander justice au divin Apollon.
Il n'appartient qu'à lui de me donner la place
    Qui m'est due au sacré vallon.
    Oui, c'est à toi que j'en appelle,
Souverain protecteur du mérite affligé ;
Tu ne peux mieux montrer ta puissance immortelle,
    Qu'en faisant que je sois vengé.

LA MUSE.

Il faut qu'en ton calcul, mon ami, tu t'abuses.
    Si tu nous disois vrai, crois-moi,
Tu verrois dans l'instant Apollon et les Muses
    Accourir au-devant de toi.
    Que dis-je ? on me verroit moi-même
Rentrer dans mon bourbier pour te laisser monter ;
    Car ma foiblesse extrême
Au merveilleux, au bon ne sauroit résister :
Et s'il se peut trouver, comme l'on m'en menace,
Quelque génie heureux dont les productions
Attirent du public les approbations,
On me verra bientôt abandonner la place.

Théâtre. Com. en vers. 4.   18

Mais que vois-je ? Thalie ! Ah ! pour le coup, ma foi,
    Je pense que c'est fait de moi.
Elle a l'air enjoué plus qu'à son ordinaire ;
    Sans doute qu'elle en a sujet :
Un noir pressentiment me dit qu'elle va plaire.
Au secours ! Je ne puis soutenir son aspect.

PLAISANTINET.

Madame, d'où vous vient cette terreur panique ?

LA MUSE.

(*Elle s'enfonce dans le bourbier.*)

La voix me manque ; adieu, je tombe, c'en est fait.

PLAISANTINET.

Je n'ai plus désormais qu'à fermer la boutique.
    Que vais-je devenir ? hélas !
    De quel côté tourner mes pas ?

SCÈNE IV.

THALIE, GÉNIOT, LA FARINIÉRE, PLAISANTINET.

LA FARINIÉRE.

A votre seule approche, adorable Thalie,
Vous avez fait rentrer ce monstre en son néant.
    Sans doute que la Comédie
Va reprendre le pas qu'elle avoit ci-devant.

THALIE.

Je ne puis tout d'un coup lui rendre tous les charmes
    Qui l'accompagnoient autrefois.
Cette Muse au Parnasse a causé mille alarmes ;
Il faut, si nous voulons la réduire aux abois,
    La battre de ses propres armes.
Je veux la repousser avec ses propres traits :

Il me faut pour cela quelque pièce bouffonne,
  Qui soit dans le goût à peu près
    De celles qu'elle donne.
Le public la prendra comme un amusement,
  En attendant qu'on lui présente
    Quelque pièce excellente.
Digne de mériter son applaudissement.

PLAISANTINET.

Eh bien ! prenez la mienne ; elle est réjouissante ;
Et dans le goût qu'il faut pour réveiller l'esprit.

THALIE.

En retrancheras-tu ces mots à double entente,
Dont le bon goût murmure, et la pudeur rougit?
Je suis Muse enjouée, et non pas insolente.

PLAISANTINET.

Pourquoi les retrancher? Ce qui vous épouvante,
  De mes pièces fait la beauté ;
  Et quoi que vous en puissiez dire,
  Pour exciter la curiosité,
    C'est la bonne façon d'écrire.

THALIE.

  Comment ! tu ne peux faire rire
  Sans offenser l'honnêteté?
Tu ne peux composer une pièce amusante,
  Enjouée et divertissante,
Sans grossière équivoque et sans obscénité?

PLAISANTINET.

  Je n'y trouverois pas mon compte.

THALIE.

  Va, tu devrois mourir de honte.

PLAISANTINET.

  Je vous le dis tout net.

Ce n'est pas là mon fait,
J'aime la gaillardise,

THALIE.

Ou plutôt la sottise.
Va donc chercher fortune ailleurs,
Je trouverai d'autres auteurs.

SCÈNE V.

THALIE, GÉNIOT, LA FARINIERE.

THALIE.

ALLONS, mes chers enfants, courage ;
Voyons qui pourra de vous deux
Entreprendre ce que je veux.
Laissez le soin d'un grand ouvrage
Aux esprits d'un plus haut étage.

LA FARINIÈRE, *enfonçant fièrement son chapeau.*

En est-il au-dessus de moi ?
Cherchez pour un tel badinage
Des esprits du plus bas aloi :
Composer dans ce batelage
N'appartient qu'à des auteurs fous.

THALIE.

Je croyois ne pouvoir mieux m'adresser qu'à vous.

GÉNIOT.

Allez, Muse, laissez-le dire :
Il suffit, j'entreprends ce que vous demandez ;
Et sans faire rougir, j'espère faire rire
          Si vous me secondez.
Je vais donc m'égayer dans le goût de la foire ;
Je pourrai l'attraper, du moins j'ose le croire ;
Dussé-je voir nos grands et sérieux esprits,
          Accoutumés à contredire,

Me demander raison de les avoir fait rire,
J'aurai toujours rempli le projet entrepris.
J'avois déja formé l'extravagante idée
D'un sujet qui peut-être auroit pu réussir.

THALIE.

Quel?

GÉNIOT.

Le roi de Cocagne.

THALIE.

Il peut faire plaisir ;
Car je suis très persuadée
Qu'il fournira de plaisants traits.

GÉNIOT.

Pour ne point perdre temps et hâter mon ouvrage,
J'emprunterai, selon l'usage ,
Par-ci par-là des vers tout faits
Ou dans Racine, ou dans Corneille ;
Pour le roi de Cocague ils viendront à merveille.

LA FARINIÈRE.

Mais quelle intrigue, quels portraits ,
Quelles mœurs et quels caractères
Peuvent jamais entrer dans de pareils sujets ?

GÉNIOT.

Quelles mœurs ? des mœurs étrangères.

LA FARINIÈRE.

Ah ! les mœurs de Cocagne ? à de petits enfants
Ces contes bleus sont bons à faire ;
Mais je ne pense pas qu'à nos honnêtes gens
Ces fadaises-là puissent plaire.

THALIE.

Les beaux esprits assez souvent
Se sont fait reconnoître en une bagatelle.

18.

LA FARINIÈRE.

Parbleu ! vous me la donnez belle.
Monsieur, un bel esprit ? c'est un demi-savant ;
Traiter de beaux esprits les gens de son espèce.
C'est aux mouches à miel égaler les frelons ;
Ou, s'il faut m'expliquer avec plus de justesse.
C'est au rang des oiseaux mettre les hannetons.

GÉNIOT.

A tous tes sots discours je ne daigne répondre,
 Tu n'as pas l'ombre du bon sens ;
 Et la pièce que j'entreprends
 Va suffire pour te confondre.

LA FARINIÈRE.

Si cela réussit, vous allez voir beau jeu.
 Pour mettre au désespoir Thalie,
 Pour désoler la comédie,
Pour punir le public, je vais jeter, mörbleu,
 Toutes mes pièces dans le feu.

SCÈNE VI.

THALIE. GÉNIOT.

THALIE.

Elles seront mieux là que sur notre théâtre.

GÉNIOT.

Allons, Muse, il est temps, ne m'abandonnez pas ;
Déja vous m'inspirez du badin, du folâtre,
Du bouffon.

THALIE.

 Garde-toi de tomber dans le bas :
 Tiens toujours Pégase en haleine,
Bride en main.

GÉNIOT.

Par ma foi, j'aurai bien de la peine :
Le bas et le bouffon se ressemblent assez ;
 Et je crains fort dans ma carrière,
Si quand je broncherai vous ne me redressez,
 D'aller donner dans quelque ornière.

THALIE.

Si le hasard t'y fait tomber,
Ne t'y laisse pas embourber ;
Relève-toi tout au plus vite.

GÉNIOT.

Oui, mais pendant ce temps, si le public s'irrite,
Et si je ne me puis assez tôt relever ?

THALIE.

Va, le public est bon, il s'attend de trouver
Dans ce qu'on lui promet une pièce un peu folle ;
 Le pis qu'il en puisse arriver
 Sera d'avoir tenu parole.

FIN DU PROLOGUE.

PERSONNAGES.

LE ROI DE COCAGNE.

BOMBANCE,
RIPAILLE,
} ministres.

FÉLICINE,
FORTUNATE,
} dames de la cour.

ALQUIF,   enchanteur.

PHILANDRE,   chevalier errant.

LUCELLE,   infante de Trébizonde.

ZACOBIN,   valet de Philandre.

GUILLOT,   nourricier de Lucelle.

HORTULAN,
FLORIBEL,
} jardiniers du Roi.

Plusieurs nymphes sous la couleur des Fleurs du parterre du roi.

LA ROSE,	Fleur de la difficulté.
LA RENONCULE,	Fleur de la fierté.
LE PAVOT,	Fleur du sommeil.
LE SOUCI.	Fleur du tourment.
LA VIOLETTE,	Fleur de l'innocence.
LA JONQUILLE,	Fleur de la jouissance.

Troupe de peuples élémentaires.

LES SYLPHES,	habitants de l'Air.
LES SALAMANDRES,	habitants du Feu.
LES UNDAINS,	habitants de l'Eau.
LES GNOMES,	habitants de la Terre.

TROUPE DE COCAGNIENS.

TROUPE D'ÉTRANGERS DE PLUSIEURS NATIONS.

Gardes du roi.

La scène est au pays de Cocagne.

LE
ROI DE COCAGNE,
COMÉDIE.

~~~~~~

ACTE PREMIER.

Le théâtre représente le pays de Cocagne.

— · —

SCÈNE I.

ALQUIF, PHILANDRE, LUCELLE, ZACORIN, GUILLOT.

PHILANDRE.

Enfin, après avoir traversé tant de mers,
Essuyé tour à tour mille périls divers,
De tant de fiers géants combattu la puissance,
Nous sommes arrivés dans ce lieu de plaisance.
C'est par vous, sage Alquif, divin magicien..

ALQUIF.

Sans moi votre valeur ne vous servoit de rien.
J'ai su calmer les flots, dissiper les tempêtes
Qu'un démon malfaisant déchainoit sur vos têtes.
Je vous ai conservé, me voilà satisfait.

PHILANDRE.

Qui pourra vous payer d'un si rare bienfait?

ALQUIP.

Le plaisir d'avoir pu vous rendre ce service.
Votre bras vous a su tirer du précipice,
Où ces maudits géants vous avoient entraîné,
Mais enfin sur la mer le courage est borné ;
La valeur ne met point à l'abri d'un orage.
Mon art seul vous pouvoit garantir du naufrage,
Il l'a fait ; et le prix de ce puissant secours
Je le trouve à pouvoir couronner vos amours :
Vivez heureux, Philandre, avec votre Lucile,
Elle toujours constante, et vous toujours fidèle.
Dans cette ile goûtez les plaisirs les plus doux.

ZACORIN.

Oui, mais par parenthèse, en quels lieux sommes-nous ?
J'ai vu de beaux châteaux, une belle campagne.

ALQUIP.

Vous êtes, mes amis, au pays de Cocagne.

ZACORIN.

Au pays de Cocagne ! allons vite manger,
Dans quelque bon endroit cherchons à nous loger.

GUILLOT.

Oui, morgué ! c'est bien dit, cherchons notre pitance
Je crevons tous de faim.

ALQUIP.

Un peu de patience.

ZACORIN.

Depuis près de deux jours je n'ai mangé ni bu :
Mon estomac en gronde, et veut être repu.

PHILANDRE.

Sommes-nous mieux que vous ?

GUILLOT.

Vous nous la baillez belle.
Votre amour vous nourrit avec votre Lucelle.

PHILANDRE.

Comment?

ZACORIN.

Il a raison ; dans tous vos déplaisirs,
Vous avalez des pleurs, vous gobez des soupirs,
Vous croquez des baisers, et dans tout le voyage...
Mais que demande ici ce grotesque visage?

PHILANDRE.

Voyons.

SCÈNE II.

ALQUIF, PHILANDRE, LUCELLE, BOMBANCE,
ZACORIN, GUILLOT.

BOMBANCE.

Je viens savoir qui vous amène ici.

ZACORIN.

La faim, et le plaisir de vous y voir aussi.

BOMBANCE.

Vous êtes bien tombés, nous vous ferons grand'chère ;
Quelles gens êtes-vous ? il ne me faut rien taire.

PHILANDRE.

Je fais profession de chevalier errant.
Ayant pour cette dame eu quelque différent,
Et dans l'occasion embrassé sa querelle,
Je me suis vu contraint de partir avec elle:
Après bien des périls, un destin plus heureux
Nous a conduits enfin dans ces aimables lieux.

BOMBANCE.

Vous ne pouviez choisir un séjour plus tranquille.
Le roi sera ravi de vous donner asile.
Il le faut avouer, ma foi, c'est un bon roi,
Joyeux, de bonne humeur, à peu près comme moi.

PHILANDRE.

A-t-il bien des sujets ?

BOMBANCE.

           Pas trop, car son empire
A fort peu d'étendue.

LUCELLE.

           Et ce qu'on entend dire
Do ce charmant pays, est-ce une vérité ?

BOMBANCE.

Oui, l'on le peut nommer un séjour enchanté,
Et je doute qu'au monde il en soit un semblable.

ZACORIN.

Est-il vrai qu'on y passe et jour et nuit à table,
Qu'on y marche en tout temps sans crainte des voleurs,
Qu'on n'y souffre avocats, sergents ni procureurs,
Que l'on n'y plaide point, qu'on n'y fait point la guerre,
Que sans y rien semer tout vient dessus la terre,
Que le travail consiste à former des souhaits,
Que l'on y rajeunit, et que de nouveaux traits ..

BOMBANCE.

Il n'est rien de plus vrai, mais prêtez-moi l'oreille.
Je vais vous raconter merveille sur merveille.
Quand on veut s'habiller, on va dans les forêts,
Où l'on trouve à choisir des vêtements tout prêts :
Veut-on manger ? les mets sont épars dans nos plaines,
Les vins les plus exquis coulent de nos fontaines,

Les fruits naissent confits dans toutes les saisons.
Les chevaux tout sellés entrent dans nos maisons.
Le pigeonneau farci, l'alouette rôtie,
Nous tombent ici bas du ciel comme la pluie.
Dès qu'on ouvre la bouche, un morceau succulent...

ZACORIN.

Ma foi, j'ai beau l'ouvrir, il n'y vient que du vent.

BOMBANCE.

L'heure n'est pas venue, attends que le roi dîne.

ZACORIN

Ils sont long-temps là-haut à faire la cuisine.
En attendant le roi, ne nous pourriez-vous pas
Faire pleuvoir toujours ici deux ou trois plats ?

BOMBANCE.

Il n'est pas encor temps : le peuple élémentaire,
Qui sans se faire voir met ses soins à nous plaire,
A son heure réglée à travailler pour nous.

PHILANDRE.

Un peuple élémentaire a commerce avec vous ?
Et quel est-il ce peuple ?

BOMBANCE.

Un peuple ami des hommes ;
Les Sylphes, les Undains, les Salmandres, les Gnomes.

LUCELLE.

Comment ! vous prétendez que dans chaque élément
Il soit un peuple ?

BOMBANCE.

Oui.

ZACORIN.

Quoi ! dans l'air ?

BOMBANCE.

Oui vraiment.

Les sylphes, par exemple, entourés d'une nue....

ZACORIN.

Ils ont pour promenade une belle étendue.

GUILLOT.

Mais morgué dans le feu?

BOMBANCE.

Les salmandres y sont.

GUILLOT.

Au diable qui voudroit avoir le chaud qu'ils ont.

BOMBANCE.

Les undains sont dans l'eau, les gnomes dans la terre :
Et quoiqu'entre eux souvent ils se fassent la guerre,
Ils savent s'accorder pour nous faire plaisir,
Et nous servir ici selon notre désir.
Les habitants de l'air vont pour nous à la chasse,
Les undains font entrer les poissons dans la nasse ;
Et quand les gnomes ont préparé ces mets-là,
Les habitants du feu font rôtir tout cela.
Mais le roi va venir, il est dans son parterre
A parcourir les fleurs qu'y fait naître la terre.
Savez-vous quelles fleurs?

ZACORIN.

Non.

BOMBANCE.

De jeunes beautés,
Des nymphes dont l'aspect rend les sens enchantés ;
Elles prennent la forme ou des lis ou des roses,
Ou d'autres belles fleurs nouvellement écloses :
Elles en ont l'odeur, l'attribut, les couleurs.

ZACORIN.

Quoi ! le jardin du roi produit de telles fleurs ?
Je veux y labourer. Ces roses féminines,
Malgré tous leurs appas, peut-être ont des épines ;
Mais quand j'aurai mangé, j'irai tantôt sans bruit
Cueillir dans ce jardin quelque belle de nuit ;
Le tout pour éprouver si ce n'est point mensonge ;
Car tout ce que j'entends ne me paroit qu'un songe.
      (On entend une symphonie.
Mais d'où peuvent venir ces sons harmonieux ?

BOMBANCE.

Sans doute, c'est le roi qui rentre dans ces lieux ;
Il ne marche jamais qu'il n'ait de la musique :
Jusques aux animaux, chacun ici s'en pique.

GUILLOT.

Le biau charivari ! Quoi ! les chats et les chiens....

BOMBANCE.

Les ânes même.

ZACORIN.

            Ils sont ici musiciens,
Les ânes ?

BOMBANCE.

            Oui vraiment : ils ont certains organes.

ZACORIN.

Et les musiciens parmi nous sont des ânes ;
Voyez la différence.

BOMBANCE.

            Allez quelques moments
Admirer la beauté de nos appartements.
Je préviendrai le roi ; je l'entends qui s'avance.
Il va tenir conseil, et donner audience.

GUILLOT.

Quoi ! bailler audience au milieu de ce champ ?

BOMBANCE.

Les gnomes vont bâtir un palais à l'instant.
(*Le théâtre change, et il s'élève un palais bâti de sucre*
dont les colonnes sont de sucre d'orge, et les orne-
ments de fruits confits.)
Eh bien ! qu'avois-je dit ?

GUILLOT.

La plaisante méthode !
Morgué, je n'ai jamais rien vu de plus commode.

PHILANDRE.

J'admire ce palais.

ZACORIN.

Il me paroit galant.

BOMBANCE.

Mais le meilleur de tout, c'est qu'il est excellent :
Il est bâti de sucre, orné de confitures.

GUILLOT.

Morguenne, que j'allons manger d'architectures !

BOMBANCE.

Le blanc que vous voyez c'est du sucre candi.

ZACORIN.

Allons, mon cher Guillot, au plus tôt goûtons-y.

BOMBANCE

Et ces colonnes sont faites de sucre d'orge.

GUILLOT.

Morgué, ça me vient bien, car j'ai mal à la gorge.

BOMBANCE.

Tout doux, dans ce palais n'allez rien ravager :
Ce n'est qu'en le quittant qu'on le pourra manger.

GUILLOT.

Moquons-nous de cela ; morgué, vaille qui vaille.

BOMBANCE.

Arrêtez, vous ferez fondre notre muraille.
Peste soit des coquins ! ils vont tout écorner.

ZACORIN.

Hélas ! à notre faim vous devez pardonner.

BOMBANCE.

Vous mangerez tantôt. Voyez quelle insolence !
Gruger notre palais ! Le roi.... Mais il s'avance.

SCÈNE III.

LE ROI, BOMBANCE, RIPAILLE, SUITE DES COURTISANS.

LE ROI.

(Le roi entre au bruit de la symphonie.)
QUE chacun se retire, et qu'aucun n'entre ici.
Bombance, demeurez, et vous, Ripaille, aussi.
Cet Empire envié par le reste du monde,
Ce pouvoir qui s'étend une lieue à la ronde,
N'est que de ces beautés dont l'éclat éblouit,
Et qu'on cesse d'aimer sitôt qu'on en jouit.
Je ne suis pas heureux tant que vous pourriez croire.
Quel diable de plaisir, toujours manger et boire !
Dans la profusion le goût se ralentit :
Il n'est, mes chers amis, viande que d'appétit.
Je me lasse surtout, amant de tant de belles,
De ne pouvoir trouver quelques beautés cruelles,
De ces cœurs de rochers qui s'arment de rigueurs,
Qui par leur résistance excitent les ardeurs,

19.

Et dont on n'obtient rien à moins qu'on ne le vole.
On dit que de l'amour c'est là la rocambole.
Je suis donc résolu, si vous le trouvez bon,
De laisser pour un temps le trône à l'abandon.
Le trône cependant est une belle place :
Qui la quitte, la perd. Que faut-il que je fasse ?
Je m'en rapporte à vous, et par votre moyen,
Je veux être empereur, ou simple citoyen.

BOMBANCE.

Sire, je l'avoûrai, c'est une triste vie
De voir à tous moments prévenir son envie,
Et des plus friands mets l'estomac toujours plein,
N'avoir pas le loisir d'avoir ni soif ni faim :
Les plaisirs ne sont doux qu'après un peu de peine.
Quittez donc pour un temps la grandeur souveraine,
Par trop d'oisiveté vos membres vous sont vains :
Servez-vous de vos pieds, faites agir vos mains,
Et pour trouver du goût à faire bonne chère,
Jeûnez deux ou trois jours, ce n'est pas une affaire.
Si le trop de santé vous cause des dédains,
Souffrez dans vos Etats deux ou trois médecins ;
Ils vous la détruiront, je me le persuade.
Voilà mon sentiment. A vous, mon camarade.

RIPAILLE.

Oui, je crois que le roi feroit fort sagement
De pouvoir quelquefois manger moins goulument ;
Ne point laisser ses pieds, ses mains en léthargie :
Mais quitter son pouvoir c'est ce que je dénie.
Ah ! qu'il est beau de voir un peuple à ses genoux !
Pouvez-vous vous lasser de n'obéir qu'à vous ?
Comment ! vous vous plaignez que tout va par écuelle,
Et que la mariée est, comme on dit, trop belle ?

Gardez votre couronne, elle vous va trop bien :
Vous seriez bien penaud, si vous n'étiez plus rien.
Que l'amour du pays, que la pitié vous touche :
Cocagne à vos genoux vous parle par ma bouche ;
Et pour mieux assurer le bien commun de tous,
Donnez un successeur qui soit digne de vous.

LE ROI.

N'en délibérons plus ; après tout, quand j'y pense,
J'allois faire le sot de quitter ma puissance ;
Peut-être dans deux jours je m'en mordrois les doigts.
Un sage conseiller est le bonheur des rois.
A force de choisir on prend souvent le pire.
Ripaille, je vous crois, et retiendrai l'empire :
Et pour récompenser ce conseil à l'instant,
Je prétends vous donner dix mille écus comptant.
Quoique l'argent ici soit fort peu nécessaire,
Il en faut pour jouer. Voyez mon secrétaire,
Faites en dresser l'ordre, et je le signerai.
Allez.

BOMBANCE.

Ce n'est pas tout, sire, je vous dirai
Que quelques étrangers, arrivés dans cette île,
Viennent vous supplier de leur donner asile.

LE ROI.

Volontiers, où sont-ils ?

BOMBANCE.

Je m'en vais les chercher.

LE ROI.

Fort bien : mais cependant qu'on me fasse approcher
Les fleurs qu'en mon parterre aujourd'hui j'ai choisies ;
Elles méritent bien l'honneur d'être cueillies.
Qu'on ouvre le jardin.

SCÈNE IV.

LE ROI, HORTULAN, FLORIBEL, *plusieurs Fleurs de différentes espèces.*

(Le théâtre change et représente un jardin magnifique; plusieurs nymphes y sont sous la figure
des fleurs.)

LE ROI continue.

LES brillantes couleurs!

Je ne me souviens plus du blason de ces fleurs.

HORTULAN.

Nous allons l'expliquer, mais à notre manière,
Qu'on trouvera peut-être assez particulière.
Les fleurs par leur symbole expriment tour à tour
Les plaisirs, les tourments qu'on éprouve en amour...

    La Primevère est espérance;
    Et l'Hyacinthe, amour chagrin;
    La Marguerite, patience;
    Et l'Immortelle, amour sans fin.

FLORIBEL.

    La fleur d'Iris est inconstance;
    L'Héliotrope, attachement;
    Chèvrefeuille, concupiscence;
    Et la Pensée, amusement.

HORTULAN.

    Le Muguet est coquetterie;
    Et la Renoncule, fierté;
    La Marjolaine, tromperie;
    Et le Barbeau, fidélité.

FLORIBEL.

    Anémone est persévérance;

Fleur de Laurier, ardent désir;
Jonquille enfin est jouissance;
Et fleur de Pommier, repentir.

HORTULAN.

Tubéreuse est dédain. Mais dans leurs chansons, sire,
De tous leurs attributs elles vont vous instruire.

ENTRÉE DES FLEURS.

HORTULAN *chante.*

Charmantes fleurs, qui tour à tour
Naissant dans le jardin d'Amour,
De ce dieu marquez la puissance,
De vos diverses beautés
Nos yeux sont enchantés;
Nous ne savons à qui donner la préférence :
Étalez-nous vos qualités,
Nous en ferons la différence.

ENTRÉE DES FLEURS.

LA ROSE, *fleur de la difficulté.*

Entre mille fleurs nouvelles,
L'Aurore a pris le soin de m'embellir :
Plus mes épines sont cruelles,
Plus il est doux de me cueillir.

LA RENONCULE, *fleur de la fierté.*

Pour des fleurettes,
De feintes douceurs,
Nous n'avons que rigueurs.
Avec nous point d'amourettes,
Point de faveurs,
Pour des fleurettes.
Nous ne livrons nos cœurs

Qu'à des ardeurs parfaites,
Dans nos retraites,
Amants trompeurs,
N'espérez pas cueillir des fleurs
Pour des fleurettes.

ENTRÉE DES ROSES ET DES RENONCULES.

LE PAVOT, *fleur du sommeil.*

Amants maltraités de vos belles,
Ayez recours à mes pavots :
Dans les charmes du repos
On ne trouve point de cruelles.
    Les songes amoureux
    Que mon pouvoir fait naître,
Par de douces erreurs sauront combler vos vœux.
    On n'est jamais plus heureux
    Que quand on le croit être.

LE SOUCI, *fleur du tourment.*

    Sans souci, sans tourment,
    Sans chagrin, sans martyre,
    Sans souci, sans tourment,
    Nul plaisir en aimant.
Un cœur toujours content dans l'amoureux empire,
Ne connoît pas le prix d'un fortuné moment.
Un tendre amant qui se plaint, qui soupire,
    Quand il obtient ce qu'il désire,
    Trouve son bonheur plus charmant.
    Sans souci, sans tourment,
    Sans chagrin, sans martyre,
    Sans souci, sans tourment,
    Nul plaisir en aimant.

LA VIOLETTE, *fleur de l'innocence.*

Je suis la simple Violette,
Je fais le plaisir de nos champs,
Je badine, je suis follette.
Profitez-en, jeunes amants.
Ne perdez pas ces doux instants,
Gardez-vous bien d'attendre.
Pour me cueillir il n'est qu'un temps,
Heureux qui le sait prendre !

ENTRÉE DES VIOLETTES.

LA JONQUILLE, *fleur de la jouissance.*

Non, ce n'est plus le temps
De la persévérance ;
Non, ce n'est plus le temps
Des fidèles amants.
Je couronne leurs feux, je finis leur souffrance,
Je mets enfin le comble à leurs contentements.
De mes faveurs quelle est la récompense ?
Je suis le prix de la constance,
Et fais souvent des inconstants.
Non, ce n'est plus le temps
De la persévérance ;
Non, ce n'est plus le temps
Des fidèles amants.

ENTRÉE DE TOUTES LES FLEURS.

LE ROI.

Mais parmi tant de fleurs qui brillent à nos yeux,
Dis-moi ton sentiment, laquelle te plaît mieux ?

FLORIBEL *chante.*

La jalouse Amaranthe
Et l'Iris inconstante

Causent trop de tourment.
La dédaigneuse
Tubéreuse
A trop d'entêtement ;
A la peine je succombe
Lorsqu'il faut les arracher.
J'aime mieux la fleur de Pêcher,
Qui du premier vent tombe.

LE ROI.

Ce n'est pas là mon goût ; j'aime les fleurs bizarres,
Et j'en voudrois trouver quelques-unes plus rares.

SCÈNE V.

LE ROI, HORTULAN, FLORIBEL, LES FLEURS,
BOMBANCE, SUITE. ALQUIF, PHILANDRE. LU-
CELLE, ZACORIN, GUILLOT.

BOMBANCE.

Voici ces étrangers.

LE ROI.

Ah ! qu'est-ce que je voi ?
L'aimable fleur ! je sens certain je ne sais quoi,
Un frisson... une ardeur... un... Je me donne au diable,
Si j'ai jamais encor senti rien de semblable.

PHILANDRE.

Permettez-nous, grand roi, qu'embrassant vos genoux,
Nous venions en ces lieux vous prier...

LE ROI.

Levez-vous.

PHILANDRE.

Sire, des étrangers que le destin contraire
A poursuivis long-temps...

LE ROI.

Il ne m'importe guère.
Tout ce qu'il vous plaira, laissez-moi seulement
Faire à cette beauté mon petit compliment.

Vous brillez seule en cette terre,
Vous effacez la beauté de Vénus,
Les roses de notre parterre
Près de vous sont des gratte-culs.

(Toutes les Fleurs s'en vont.)

PHILANDRE.

Je tremble. Que veut-il par-là lui faire entendre?

LE ROI.

Dites-moi, ma dondon, avez-vous le cœur tendre?
Êtes-vous bien facile à vous laisser charmer?

LUCELLE.

Sire, cette demande a de quoi m'alarmer.
A connoître mon cœur quel soin vous intéresse?

LE ROI.

Je cherche une beauté qui soit un peu tigresse.
Je suis las que l'on vienne au-devant de mes vœux,
Et je voudrois languir du moins un jour ou deux.
Parlez, de cet effort vous sentez-vous capable?

LUCELLE.

Ah! seigneur, à quoi tend ce discours qui m'accable?

LE ROI.

A vous marquer d'abord par l'offre de mon cœur...
En un mot, je vous aime.

LUCELLE.

Ah! pour moi quel malheur!

LE ROI.

Où donc est ce malheur, s'il vous plaît? Ma personne,
Que de tous les côtés tant de grâce environne,

Théâtre. Com. en vers. 4.   20

Qui fait tous les plaisirs d'une brillante cour,
Pourroit vous révolter en vous parlant d'amour?

LUCELLE.

Oui, seigneur, et malgré toute votre puissance...

LE ROI.

Bon, voilà qui me plait, un peu de résistance,
Cela m'étoit nouveau. Du chagrin, du dépit,
C'est de quoi justement m'aiguiser l'appétit.
Comment vous nomme-t-on?

LUCELLE.

Sire, j'ai nom Lucelle.

LE ROI.

Lucelle. Le beau nom! il rime avec cruelle.
Or çà, Lucelle, donc, grâce à votre rigueur,
Vous aurez aujourd'hui ma couronne et mon cœur.

LUCELLE.

Sire, cette offre est vaine et n'a rien qui me tente.

LE ROI.

Plus elle me rebute, et plus mon feu s'augmente;
Jamais objet ne fut plus digne de mes vœux
Vous qui l'accompagnez, que vous êtes heureux!
Votre fortune est faite; et d'abord je commence
Par vous donner à tous des charges d'importance.
  (A Zacorin.)   (A Philandre.)
Je vous fais échanson, et vous mon écuyer,
  (A Alquif.)   (A Guillot.)
Vous, mon grand chambellan, et toi mon trésorier.

GUILLOT.

Trésorier! ah, morgué que cette charge est bonne!
Je recevrai l'argent et ne paîrai personne.

LE ROI.

Oui, monsieur le manant? vous êtes un fripon;
Au lieu de trésorier, soyez porte-coton.

GUILLOT.

Porte-coton! morgué, ce nom-là m'effarouche,
Quelle charge est-ce là?

ZACODIN.

Ce n'est pas de la bouche.

PHILANDRE.

Sire, je ne saurois me taire plus long-temps.
Vous nous comblez de biens sans nous rendre contents;
Retirez vos bienfaits, et me laissez Lucelle.
Le ciel fit naître en nous une ardeur mutuelle;
Je l'adore, elle m'aime, et je perdrai le jour
Plutôt que de quitter l'objet de mon amour.

LE ROI.

En voici bien d'un autre. Osez-vous, téméraire,
Me parler d'un amour à mon amour contraire?

PHILANDRE.

Quoi, sire?...

LE ROI.

Taisez-vous. Si vous me raisonnez,
Je vous appliquerai du sceptre sur le nez;
Et je vous apprendrai, chétive créature,
Si je suis en ces lieux un monarque en peinture.

PHILANDRE.

Mais enfin...

LE ROI.

Je vous trouve un plaisant étourneau;
Vous me prenez, je crois, pour un roi de carreau?

PHILANDRE.

Je ne me connois plus en perdant ce que j'aime,
Et j'ose ici braver et sceptre et diadème.

LE ROI.

Ah! tu fais le mutin; va, sors de mes États,
Et que la fin du jour ne t'y retrouve pas.
Il est bientôt midi, tu n'as plus que six heures;
Et si dans mon pays plus long-temps tu demeures...

PHILANDRE.

Le temps ne me fait rien; quand je voudrai partir,
Il ne faut qu'un quart-d'heure, au plus, pour en sortir :
Mais je n'en sortirai que suivi de Lucelle;
La mort, la seule mort peut me séparer d'elle.

LE ROI.

Oh! parbleu! c'en est trop. Holà! gardes, à moi!
Qu'on le mène en prison.

LUCELLE.

Que faites-vous, grand roi?

LE ROI.

Je soutiens comme il faut la grandeur souveraine.
Dans mon appartement menez cette inhumaine,
Et ce drôle au cachot.

ALQUIF.

Allez sans murmurer;
Je sais bien le moyen de vous en retirer.

PHILANDRE.

Vos ordres, cher Alquif, arrêtent mon courage.

LE ROI.

Gardes, obéissez sans tarder davantage.
Suivons cette cruelle, employons tout. Morbleu!
Si je n'en obtiens rien, nous allons voir beau jeu.

FIN DU PREMIER ACTE.

ACTE SECOND.

Le théâtre change, et représente un salon
magnifique.

SCÈNE I.

ALQUIF, ZACORIN.

ALQUIF.

Qu'en dis-tu, Zacorin ?

ZACORIN.

Sans battre la campagne,
Je dirai franchement que ce roi de Cocagne
A la tête un peu chaude, et n'entend pas raison ;
Mais voilà cependant mon cher maître en prison.

ALQUIF.

Pour l'en faire sortir je sais ce qu'il faut faire,
Et même ton secours m'y sera nécessaire.

ZACORIN.

Vous n'avez qu'à parler ; servez-vous de mon bras
Pour détrôner le roi, ravager ses États.

ALQUIF.

Comme diable tu vas ! laisse là ta vaillance ;
Nous n'avons pas besoin d'une telle vengeance.
Le peuple élémentaire est déclaré pour lui,
Et nous ne serions pas les plus forts aujourd'hui.
Je ne veux seulement que jouer une pièce
A ce plaisant monarque, unique en son espèce.
Il s'agit de tirer ton maître de prison ;
Je ferai que le roi perdra toute raison.

20.

J'ai parmi mes joyaux trouvé par aventure
Cette bague enchantée ; elle est de la figure
De celle qui tantôt brilloit au doigt du roi ;
Il s'y pourra tromper aisément.

ZACORIN.

Je le croi,
Mais la difficulté, c'est de faire l'échange.

ALQUIF.

Il se lave les mains peut-être avant qu'il mange.
Otant son diamant, pour ne le pas ternir,
Il te le donnera dans ce temps à tenir ;
Et toi, substituant cette bague à la place,
Tu pourras...

ZACORIN.

Je comprends ce qu'il faut que je fasse.
Je sais escamoter, reposez-vous sur moi ;
Mais sera-ce pour moi le diamant du roi ?

ALQUIF.

Ne t'embarrasse point quel sera ton salaire,
Et songe seulement à bien mener l'affaire.

ZACORIN.

De votre diamant quel est donc le pouvoir ?

ALQUIF.

Tout aussitôt qu'au doigt le roi pourra l'avoir,
Il perdra la mémoire ; une espèce d'ivresse
Lui fera méconnoître amis, parents, maîtresse ;
Il sera comme un fou...

ZACORIN.

Mais je crois que déjà
Il n'a pas grand chemin à faire jusque-là ;
Trouvez-vous, entre nous, ce monarque fort sage ?

ALQUIF.

S'il est fou, je prétends qu'il le soit davantage.

ZACORIN.

Mais si, perdant le peu qu'on lui voit de raison,
Il faisoit, par plaisir, pendre son échanson?

ALQUIF.

Ah! s'il osoit commettre une action si noire,
Tu serois bien vengé.

ZACORIN.

           C'est ce que je veux croire;
Mais je serois pendu toujours en attendant.

ALQUIF.

Tu n'aurois que le mal; car dans le même instant
Te coupant par morceaux, je te rendrois la vie.
Tu connois mon pouvoir.

ZACORIN.

           Au diable qui s'y fie!

ALQUIF.

Nous n'en viendrons pas là.

ZACORIN.

           J'y compte vraiment bien.

ALQUIF.

Va toujours ton chemin, et n'appréhende rien;
Garde bien le secret surtout, et que Lucelle
Ignore, ainsi que tous, ce que je fais pour elle.

ZACORIN.

C'est bien dit; elle est fille, elle pourroit jaser;
Mon maître du secret pourroit même abuser;
Il ne manqueroit pas, par excès de tendresse,
D'en faire confidence à sa chère maitresse.
Je connois les amants: tous deux n'en sauront rien,
Et le tout se fera de vous à moi.

ALQUIF.

Fort bien.

Tiens, prends donc cette bague.

ZACORIN.

Et si, par sa puissance,

J'allois devenir fou moi-même par avance ?
Les moqueurs sont moqués, souvent cela se voit.

ALQUIF.

Tout le charme n'agit que quand elle est au doigt.
Adieu ; je vais de l'œil conduire toute chose,
Afin qu'à nos projets ici rien ne s'oppose.

SCÈNE II.

*(Zacorin met la bague enchantée sans y penser, et
s'apercevant que la tête lui tourne, il l'ôte de son
doigt, en faisant plusieurs tours de théâtre.)*

ZACORIN, *seul.*

MA foi, dans tout ceci je crains fort pour mes os ;
Je vois que je m'embarque un peu mal à propos.
Si le roi s'aperçoit du changement de bague,
Ou si ses courtisans, voyant qu'il extravague...
Mais il est inutile à présent d'en parler,
Je suis trop avancé pour oser reculer.
Quelqu'un vient, taisons-nous.

SCÈNE III.

RIPAILLE, ZACORIN.

RIPAILLE.

GRANDE, grande nouvelle !

Le roi va triompher de la fière Lucelle ;

Elle va l'épouser, pour sauver son amant,
Et tout pour leur hymen s'apprête en ce moment.
Voici pour le festin la salle préparée ;
Le ciel y va bientôt envoyer sa rosée :
Les plus rares parfums y seront répandus ;
Les concerts les plus doux y seront entendus,
Et ce qui peut charmer le toucher et la vue...

ZACORIN.

A quoi bon, pour passer les cinq sens en revue,
Tout ce grand verbiage ? Il faut dire, on verra,
Entendra, goûtera, sentira, touchera.
Voilà ce qui s'appelle un style laconique,
Et c'est de la façon que j'aime qu'on s'explique.
Mais avant de goûter ces plaisirs plus qu'humains,
Instruisez-moi, le roi lavera-t-il ses mains ?

RIPAILL

Plaisante question ! S'il en a fantaisie.

ZACORIN.

Je l'en avertirai, de peur qu'il ne l'oublie.

RIPAILLE.

Et de quoi votre esprit est-il inquiété ?

ZACORIN.

Je suis son échanson, j'aime la propreté.

RIPAILLE.

Eh ! qu'il les lave, ou non, allez, laissez-le faire ;
Mais adieu, je m'en vais trouver le secrétaire,
Pour lui faire dresser l'ordonnance à l'instant,
Qui me fera payer dix mille écus comptant.

SCÈNE IV.

ZACORIN, *seul.*

Comme le sexe change ! O ciel ! est-il possible
Que pour un autre amant Lucelle soit sensible ?
Philandre, mon cher maitre, hélas ! que je te plains !
Si le roi par hasard ne lavoit point ses mains,
Tu verrois dans ses bras la perfide Lucelle,
Et malgré ton amour... Mais voici l'infidèle.

SCÈNE V.

LUCELLE, ZACORIN.

LUCELLE.

C'est toi, cher Zacorin ?

ZACORIN.

Eh oui vraiment, c'est moi,
Qui raisonnois tout seul sur votre peu de foi ;
Après tant de serments, allez, le tour est traitre.

LUCELLE.

Voulois-tu qu'à mes yeux on immolât ton maitre ?
Le roi me menaçoit de le faire mourir.
Quand je puis le sauver, l'aurois-je vu périr ?

ZACORIN.

Chansons que tout cela ! vous voulez être reine.

LUCELLE.

Ah ! par de tels discours n'augmente pas ma peine.
Pour te désabuser écoute mon projet,
J'espère que bientôt il aura son effet.
Tu vois bien que le roi veut des beautés cruelles,
Parce qu'en son pays il en est peu de telles :

Mes refus ne feroient que redoubler ses feux,
Et je prends le parti de répondre à ses vœux,
De le feindre, du moins ; me trouvant si traitable,
Il pourra se guérir de son amour.

ZACORIN.

Du diable !
Allez, avant ce temps, Zacorin pourra bien...
Mais quelqu'un vient ici, quittons cet entretien.

SCÈNE VI.

LUCELLE, FORTUNATE, FÉLICINE, BOMBANCE, ZACORIN.

BOMBANCE.

GRANDE reine, je viens de la part de mon maître
Vous dire que bientôt vous le verrez paroître ;
En attendant, voici deux dames de sa cour,
Qu'il honore du nom de vos dames d'atour ;
Et comme toutes deux sont sages et prudentes,
Elles vous serviront aussi de gouvernantes.

SCÈNE VII.

LUCELLE, FÉLICINE, FORTUNATE, ZACORIN.

LUCELLE.

QUOI ! pour me gouverner il choisit des enfants ?

FÉLICINE.

Des enfants, dites-vous ? nous avons cinquante ans.

ZACORIN.

Cinquante ans ? eh ! comment cela se peut-il faire ?
Vous en paroissez dix.

FÉLICINE.

Il faut te satisfaire,

Et contenter ici ta curiosité.

Comme après cinquante ans se passe la beauté,

Les femmes du pays ayant atteint cet âge,

N'en ont point de dépit. Elles ont l'avantage

De retourner soudain à l'âge de dix ans,

Et rentrent, sans hiver, de l'automne au printemps.

ZACORIN.

Si nos dames savoient de ce pays l'usage,

Combien entreprendroient dès demain le voyage ?

LUCELLE.

De mon étonnement je ne puis revenir.

FORTUNATE.

Ici l'on ne craint point un fâcheux avenir,

Et comme on rajeunit sans perdre la mémoire,

Des cinquante ans passés on rappelle l'histoire ;

On prévient les périls, on sait se dérober

Des piéges des amants où l'on a pu tomber.

ZACORIN.

Quelques-uns autrefois vous ont-ils attrapée ?

FORTUNATE.

Oh que oui, mon enfant ! j'ai tant été trompée !

Mais je suis aguerrie ; et pour tout dire enfin,

Qui voudra m'attraper se levera matin.

ZACORIN.

Si bien donc désormais que vous serez plus fine,

Et vendrez votre son mieux que votre farine.

Si de votre mémoire il n'est point effacé,

Faites-nous un récit de votre temps passé.

FORTUNATE.

Volontiers. A quinze ans je fus trop innocente.

Je pris ce qui s'offroit d'une ardeur imprudente.
C'étoit un écolier, jeune, joli, bien fait,
Mais le petit fripon étoit un indiscret.
A vingt ans j'en pris un qui me parut plus sage,
Mais il étoit jaloux, jaloux jusqu'à la rage.
A trente ans je fis choix d'un vieillard amoureux:
Il s'efforçoit en tout de prévenir mes vœux;
Le bonhomme faisoit tout ce qu'il pouvoit faire:
Mais tout ce qu'il pouvoit n'avoit pas de quoi plaire.
Enfin sur mes vieux jours voulant goûter de tout
Et des vieilles du temps me conformer au goût,
Je pris un petit-maître. Ah! la maudite engeance!
Qu'il m'a fait de chagrin et causé de dépense!
Pour me récompenser de mes soins bienfaisants,
Il en entretenoit une autre à mes dépens.

ZACONIN.

A présent des amants connoissant le manège,
Bien huppé qui pourra vous attraper au piège.
Et vous, ma belle dame, à votre air sérieux,
On pourroit présumer que vous avez fait mieux.

FÉLICINE.

Encor pis. En prenant un chemin tout contraire,
Jusques à quarante ans je fus prude et sévère;
J'accablai de rigueurs les plus tendres amants;
Je méprisai leurs soins, leurs doux empressements.
A la fin se lassant de me voir inhumaine,
Ils désertèrent tous et brisèrent leur chaîne.
J'en fus piquée au vif, à ne vous rien celer,
Et voulus, mais trop tard, enfin les rappeler.
J'avois pris leur amour, eux mon indifférence;
Leurs yeux étoient ouverts, et les miens sans puissance.

Lorsque je me vis seule et sans adorateurs,
Que je me repentis de toutes mes rigueurs !

ZACORIN.

Dieu sait si vous allez, après cette aventure,
Vous bien dédommager ?

FÉLICINE.

         Oh ! je vous en assure.

FORTUNATE.

Il faudra désormais nous conduire avec art :
Je fus trop tôt coquette, et vous un peu trop tard.

ZACORIN.

Pour n'être point la dupe en quoi qu'on se propose,
Ma foi l'expérience est une belle chose.

FÉLICINE, à Lucelle.

Réglez-vous là-dessus. mon enfant, évitez
En toute occasion les deux extrémités.

ZACORIN.

Suivez bien les avis de vos deux gouvernantes,
Qu'un long âge et l'épreuve ont faites si savantes.

LUCELLE.

Quand j'épouse le roi, qu'ai-je besoin de vous ?

FORTUNATE.

Eh ! nous vous instruirons à mener un époux.
Vous apprendrez par nous à le rendre fidèle,
A faire qu'à ses yeux vous soyez toujours belle,
Et que de vos liens il ne puisse échapper ;
Nous vous apprendrons tout, et même à le tromper.

ZACORIN.

Comment ? à le tromper lorsqu'à vous on se fie ?

FÉLICINE.

C'est façon de parler, pour lui prouver l'envie
Qu'on a de la servir.

ZACORIN.

C'est fort bien fait, vraiment.
Mais sous terre je sens un certain mouvement.

FÉLICINE.

Ce que vous allez voir, c'est l'ouvrage des Gnomes,
Habitants de la terre invisible aux hommes.
Les habitants de l'onde, et de l'air et du feu,
Pour apporter les mets arriveront dans peu.

FORTUNATE.

Le roi vient, paroissez moins triste, je vous prie :
Nous allons donner ordre à la cérémonie.
Quand vous aurez diné, le roi vous conduira
Au temple de Comus, où l'on vous mariera.
Du temple sur un trône et magnifique et leste,
Du trône.... Adieu, tantôt on vous dira le reste.

SCÈNE VIII.

LE ROI, LUCELLE; BOMBANCE, ZACORIN,
officiers de la bouche; GUILLOT.

LE ROI.

MA charmante, je touche au bienheureux moment
Qui va mettre le comble à mon contentement.

LUCELLE, *à part.*

Philandre, cher Philandre ! O tristesse mortelle !
Pour te sauver le jour faut-il être infidèle ?

ZACORIN, *présentant un bassin au roi.*

Sire...

LE ROI.

Que voulez vous ? Tous ces apprêts sont vains.

ZACORIN.

Quoi ?...

LE ROI.

Je viens là-dedans de me laver les mains.

ZACOBIN.

Et ne voulez-vous pas les laver davantage?

LE ROI.

Et par quelle raison les laver, dis?

ZACOBIN, *à part.*

J'enrage.

(*Au roi.*)

Sire, dans nos climats, la coutume des rois
Est de laver leurs mains toujours deux ou trois fois;
Et si vous vouliez...

LE ROI.

Non. Vous êtes bien étrange!

ZACOBIN.

Je vous les laverois à l'eau de fleurs d'orange.

LE ROI.

Il n'en est pas besoin; votre importunité...

ZACOBIN.

Tout ce qui vous plaira; pourtant la propreté...
Et surtout dans les rois... quand ils ont les mains nettes,
Les présents qu'ils nous font...

LE ROI.

Finissez vos sornettes.

ZACOBIN, *à part.*

Il ne lavera pas ses mains absolument,
Et je ne ferai point le troc du diamant.

LE ROI.

Venez, reine, il est temps de nous placer à table.

ZACOBIN.

Ah! le beau diamant!

LE ROI

Il est assez passable.

ZACORIN l'examine, et éternue sur la main du roi.

Que je le voie un peu.

LE ROI, *prenant une serviette, s'essuie la main.*

Peste soit du vilain,

Du malpropre qui vient de cracher sur ma main!

ZACORIN.

Sire, c'est mon défaut, et toujours j'éternue

Lorsqu'un beau diamant vient m'éblouir la vue.

LE ROI.

Ton impudence enfin commence à m'ennuyer.

ZACORIN.

Donnez ce diamant, je m'en vais l'essuyer;

Et vous lavant les mains...

LE ROI.

Encor? va-t-en au diable,

Et laisse-moi, maraud, enfin me mettre à table.

Que l'on serve au plus tôt.

ZACORIN, *à part.*

Tous mes efforts sont vains;

Rien ne peut l'obliger à se laver les mains.

(*On entend un air de symphonie, sur lequel les sylphes et les salamandres descendent du ciel, et apportent les mets que les undains et les gnomes servent sur table. Plusieurs fontaines de vin coulent au buffet, et tombent dans des cuvettes.*)

ZACORIN *continue.*

Quelle profusion! l'agréable mélange!

Allons, buvons toujours, attendant que je mange.

LE ROI, *se mettant à table avec Lucelle.*

A boire.

BOMBANCE.

A boire au roi.

ZACORIN.

Bon, c'est là mon emploi.
Goûtons à tous les vins.

BOMBANCE.

A boire, à boire au roi.

GUILLOT.

A boire au roi.

ZACORIN, *au buffet.*

Parbleu ! donnez-vous patience ;
Il faut bien de ces vins faire la différence,
Pour que sa majesté boive au moins du meilleur.

(*Il présente une coupe au roi.*)

Sire, en voilà du goût de votre serviteur.

LE ROI

Allons, à la santé de la future reine.
Rasade.

ZACORIN.

Tope, sire, elle en vaut bien la peine.

GUILLOT *crie.*

Le roi boit.

BOMBANCE.

Taisez-vous, vous nous étourdissez.
(*Aux musiciens.*)
Et vous, chantez ces airs pour l'hymen.

UN MUSICIEN.

C'est assez

(*On chante.*)

C'est l'Amour qui t'appelle,
Hymen, viens embellir ce fortuné séjour ;
Ton flambeau va briller d'une flamme nouvelle ;

Les jeux, les ris, les grâces tour à tour
Vont écarter les chagrins de ta cour.
C'est l'Amour qui t'appelle,
Hymen, viens embellir ce fortuné séjour.
Le flambeau du jour
Ne répand point une clarté plus belle
Que celui de l'Hymen allumé par l'Amour.
C'est l'Amour qui t'appelle,
Hymen, viens embellir ce fortuné séjour.

LE ROI.

Vous n'avez pas encore entendu nos merveilles.
Vous dont la voix charmante enchante les oreilles,
Assemblez par vos chants les oiseaux d'alentour;
Qu'ils viennent tous ici pour chanter notre amour.

UN MUSICIEN.

Quittez vos feuillages,
Tendres habitants des forêts,
Volez, venez en ce palais,
Y faire entendre vos ramages.
(On entend le ramage de plusieurs oiseaux.)
De vos chants mélodieux,
Rossignols, remplissez ces lieux.
(La symphonie imite le chant des rossignols.)
Et vous, aimables tourterelles,
Inspirez-nous
Vos ardeurs fidèles.
(La symphonie imite le chant des tourterelles.)
Ensuite un merle siffle.
Insolents oiseaux, taisez-vous;
En vain votre voix s'apprête
A se mêler à des concerts si doux.

(La symphonie imite le chant des coucous.)

Fuyez, hiboux, fuyez, coucous ;

Vous ne serez pas de la fête.

LE ROI, *se levant de table.*

Ils en pourroient bien être, et mon cœur en murmure :

Ces vilains oiseaux-là sont de mauvais augure.

SCÈNE IX.

LE ROI, BOMBANCE, RIPAILLE, LUCELLE, ZACORIN, etc.

RIPAILLE.

Sire, pour vôtre hymen on a tout préparé ;

Le grand-prêtre est au temple, et l'autel est paré.

LUCELLE, *bas.*

O ciel ! quel coup de foudre !

LE ROI.

Allons, charmante reine.

RIPAILLE.

Si vôtre majesté vouloit prendre la peine,

Avant que de sortir, de me signer cela.

LE ROI.

Très volontiers.

RIPAILLE.

De l'encre, une plume.

ZACORIN.

En voilà.

(Zacorin répand le cornet d'encre sur la main du roi et sur l'ordonnance.)

LE ROI.

Ah ! le maudit butor !

ZACORIN.

Sire, excusez mon zèle.

LE ROI.

Vite de l'eau. Toujours quelque frasque nouvelle.
Oh ! le plus étourdi d'entre tous les humains !

ZACORIN, *apportant le bassin et l'aiguière.*

Je le savois bien, moi, qu'il laveroit ses mains.

LE ROI.

Il faut que j'aie ici bien de la patience.

RIPAILLE.

Ce faquin a gâté toute mon ordonnance ;
Allons vite en dresser une autre.

SCÈNE X.

LE ROI, LUCELLE, BOMBANCE, ZACORIN, GUILLOT, UN GARDE.

(*Ici le roi quitte sa bague pour se laver les mains, et dans ce temps Zacorin y substitue la bague enchantée ; le roi la met à son doigt.*)

ZACORIN.

En vérité,
Quand il faut vous servir j'ai tant d'activité,
Sire, que fort souvent, quand mon devoir m'abuse...
Enfin, quoi qu'il en soit, je vous demande excuse.

LE ROI, *ayant au doigt la bague enchantée.*

D'où me vient tout à coup cet éblouissement ?
Je ne sais où je suis. Quel soudain changement !...

ZACORIN, *à part.*

La bague va jouer son jeu, laissons-la faire.

LE ROI, *extravaguant.*

Que faites-vous ici, femelle téméraire ?

BOMBANCE.

C'est la reine, seigneur.

LE ROI, *extravaguant.*

Reine ! de quel pays ?

BOMBANCE.

De Cocagne.

LE ROI, *extravaguant.*

Comment, mes États envahis
Auroient donc tout d'un coup ainsi changé de maître ?

BOMBANCE.

Que veut dire le roi ? je n'y puis rien connoître.

LUCELLE.

Il paroît en effet qu'il perd le jugement.

(*Bas.*)

Serois-je assez heureuse en cet évènement ?

BOMBANCE

L'amour auroit-il pu lui troubler la cervelle ?
Quoi ! sire, dans le temps que l'aimable Lucelle
Doit être votre épouse, et qu'un nœud glorieux....

LE ROI, *extravaguant.*

Comment donc mon épouse ? ôtez-vous de mes yeux.

(*Bombance sort.*)

Je vous trouve plaisant.

GUILLOT.

Sa bile se remue.
S'il lui prenoit envie.... Otons-nous de sa vue.

(*Il sort.*)

LE ROI, *extravaguant.*

Et vous aussi, ma mie, au plus tôt détalons;
Cherchez fortune ailleurs, tournez-moi les talons.

LUCELLE.

Que je conçois d'espoir de cette frénésie !

Lui puisse-t-elle, hélas! durer toute la vie!
Cependant délivrons Philandre, si je puis.

(Elle sort.)

LE ROI, extravaguant.

Gardes?

UN GARDE.

Seigneur!

LE ROI, extravaguant.

Voyez là dedans si j'y suis.

<h1 align="center">SCÈNE XI.</h1>

LE ROI, ZACORIN.

LE ROI, dans sa folie.

Ah! prince, demeurez, vous m'êtes nécessaire.

ZACORIN.

Moi prince? voici bien encore une autre affaire!

LE ROI, dans sa folie.

Je vous avois prié de diner avec moi,
Mais vous voyez.

ZACORIN.

Je vois que nous avons de quoi.

(Zacorin se met à table avec le roi.)

Allons, dinons, seigneur.

LE ROI, dans sa folie.

Contez-moi quelque histoire.

ZACORIN.

Une histoire à présent? ma foi, parlons de boire,
Ou plutôt de manger.

LE ROI, dans sa folie.

Agissez sans façon.

Seroit-ce votre avis, dites-moi, prince?...

ZACORIN, *la bouche pleine.*

Non.

LE ROI, *dans sa folie.*

Qu'oubliant tous les soins que je dois à l'Empire,
Je prisse une moitié, qui comme un diable....

ZACORIN.

Pire.

LE ROI, *dans sa folie.*

Me causeroit peut-être un chagrin inouï.
Vous connoissez le sexe, il est bien mauvais....

ZACORIN.

Oui.

LE ROI, *dans sa folie.*

Je n'en ferai donc rien, et je veux vous en croire.
Prince, votre conseil mérite bien....

ZACORIN.

A boire.

SCÈNE XII.

LE ROI, RIPAILLE, ZACORIN.

LE ROI, *dans sa folie.*

QUE voulez-vous?

RIPAILLE.

Seigneur, c'est un autre papier.

LE ROI, *dans sa folie.*

Quoi? quelque livre encor qu'on me veut dédier?

RIPAILLE.

Me prendre pour auteur! sa majesté se raille.
Quoi! méconnoissez-vous le fidèle Ripaille,
Sire?

LE ROI, *dans sa folie.*

Ripaille soit. Que voulez-vous, voyons?

RIPAILLE.

Vous prier de signer l'ordonnance.

LE ROI, *lisant.*

Lisons.

« Que l'on paye à Ripaille en espèces valables
« Dix mille écus comptant.... » Allez à tous les diables.
Comment! dix mille écus seroient ainsi donnés?
Seigneur, qu'en dites-vous?

ZACORIN

Oui-dà, c'est pour son nez.

Ah! voyez donc, c'est bien ainsi qu'on vous amboise!
Allons, tirez.

SCÈNE XIII.

LE ROI, ZACORIN.

ZACORIN.

A vous, majesté Cocagnoise.

LE ROI, *dans sa folie.*

Oui-dà, tope.

SCÈNE XIV.

LE ROI, LUCELLE, ZACORIN.

LUCELLE.

SEIGNEUR, je reviens sur mes pas,
Vos ordres rigoureux vont causer mon trépas.
De la triste prison où Philandre respire,
On m'interdit l'approche, et j'ose ici vous dire....

LE ROI, *dans sa folie.*

Qui l'a mis en prison?

LUCELLE.

Votre commandement.

LE ROI, *dans sa folie.*

Vous êtes folle ou moi. Pourquoi, quand, et comment?

LUCELLE.

Sire, je ne dis rien que de très-véritable.

ZACORIN.

Sire, il faut des prisons tirer ce pauvre diable.

LE ROI, *dans sa folie.*

Tenez, voilà ma bague, allez l'en retirer :
Le geôlier la voyant vous le va délivrer.

LUCELLE.

Seigneur, que de bontés!

SCÈNE XV.

LE ROI, ZACORIN.

LE ROI, *ayant quitté sa bague, rentre dans son bon sens.*

N'EST-CE point rêverie?

Il me semble sortir de quelque léthargie.
Je suis tout ébloui de tout ce que je vois ;
Je ne puis faire un pas, tout tourne devant moi.
Holà! l'ami, dis-moi, n'as-tu point vu Lucelle?

ZACORIN, *ivre.*

Lucelle! palsembleu vous me la donnez belle.
Vous l'avez envoyée auprès de son amant.

LE ROI, *dans son bon sens.*

Tu te moques de moi.

ZACORIN.

Diable emporte qui ment!

LE ROI, *dans son bon sens.*

Tout mon cerveau troublé par des vapeurs malignes,
Où suis-je?

ZACONIN.

Par ma foi, vous êtes dans les vignes.

LE ROI, *dans son bon sens.*

D'où peut venir cela?

ZACONIN.

C'est que vous avez bu.

Tenez, à vos discours je l'ai d'abord connu.
Sire, allez vous coucher, vous ne sauriez mieux faire.

LE ROI, *dans son bon sens.*

Ah! voilà pour ma noce un beau préliminaire!
Que va dire Lurelle? Ah! prince malheureux!
Qu'en dira l'avenir? Qu'en diront nos neveux?

ZACONIN.

Adieu, mon cher ami, mon cher roi de Cocagne;
Que dans tous vos malheurs Bacchus vous accompagne.

LE ROI, *dans son bon sens.*

Comment donc? conduis-moi.

ZACONIN.

Volontiers, je le veux:

Mais, si vous m'en croyez, conduisons-nous tous deux.
Pour moi comme pour vous également je tremble;
Du moins si nous tombons, nous tomberons ensemble.
Je suis tout-à-fait ivre, et vous ivre à demi:
Il n'y paroitra plus, quand nous aurons dormi.

FIN DU SECOND ACTE.

ACTE TROISIÈME.

SCÈNE I.

ALQUIF, ZACORIN.

ZACORIN.

Mon maître est libre enfin ; mais Lucelle extravague,
Du moment qu'à son doigt elle a mis votre bague.
J'ai fait de vains efforts pour l'en pouvoir ôter,
Toujours elle s'obstine à la vouloir porter ;
A la fin, alarmé de son extravagance,
Je me voyois tout prêt à rompre le silence,
Lorsque prenant sa course et fuyant vers ces lieux,
Elle s'est tout à coup dérobée à mes yeux.
Philandre suit ses pas, pleure, se désespère,
Et moi je suis venu vous raconter l'affaire,
Pour voir si vous pourriez nous tirer d'embarras.

ALQUIF.

Cela me fâche un peu, je ne le cèle pas.
Il faut, cher Zacorin, employer l'artifice,
Pour que du diamant le roi se ressaisisse ;
Il seroit bien plus fou que la première fois ;
A l'hymen de Philandre il donneroit sa voix.
Son amour s'éteindroit pour ne jamais renaître.
Attends ici Lucelle ; elle y viendra peut-être :
Je vais, de mon côté, tâcher de la trouver ;
J'ai trop bien commencé pour ne pas achever.

SCÈNE II.

ZACORIN, seul:

NOTRE roi de Cocagne en ce moment sommeille,
Et nous pourrons fort bien, avant qu'il se réveille,
Partir d'ici sans bruit. Mais non, n'en faisons rien.
Pourquoi quitter des lieux où nous sommes si bien?
Lucelle... Ah! la voici.

SCÈNE III.

LUCELLE, ZACORIN.

LUCELLE, *folle*.

                    VOYEZ quelle insolence!
Ah! je vous montrerai si je suis en démence,
Mesdames les guenons. Eh! vous voilà, mon cher?
Depuis une heure et plus je suis à vous chercher.
Eh bien donc! à propos, à quand notre hyménée?
Quelle raison en peut retarder la journée,
Ou plutôt le moment? Car enfin nos amours...
Mais, pour en revenir à mes premiers discours,
J'ai donné le fouet à mes deux gouvernantes,
Qui vouloient avec moi faire les insolentes,
Et me traitoient de folle.

ZACORIN.

                    Il est parbleu bon là!
Ces dames avoient bien affaire de cela.
Mais quittez cette bague; elle est cause, madame,
Que vous extravaguez.

LUCELLE.

                    Qu'as-tu fait de ta flamme?...
Objet de mes désirs. Mon amour..

                              23.

ZACORIN.

Oh! parbleu!
Madame, finissons au plus tôt tout ce jeu.

LUCELLE.

Allons, courons, volons dans quelque île déserte;
Que ta vue à la mienne à tous moments offerte,
Puisse par ses rayons répondre à cette ardeur,
Que des traits si charmants allument dans mon cœur!

ZACORIN.

Quel galimatias! Si sa folie augmente,
Je crains bien qu'à la fin le diable ne me tente.
Nous sommes ici seuls, personne ne nous voit;
Par ma foi, laissons-lui le diamant au doigt,
Et voyons-en la suite.

LUCELLE.

Achève ton ouvrage,
Amour; jadis tes mains pétrirent ce visage,
Rends sensible son cœur.

ZACORIN.

Courage, Zacorin.
Il ne faut pas rester dans un si beau chemin;
Et sans considérer où tout ceci m'embarque...
(Il veut l'embrasser.)

SCÈNE IV.

LE ROI, LUCELLE, ZACORIN.

LE ROI, *dans son bon sens.*
Ah! je vous y prends donc?

ZACORIN.

Peste soit du monarque!
Il vient bien mal à propos.

LE ROI.

Me faire un tel affront?
Quoi! me vouloir planter des cornes sur le front?
Quoi! sur un front royal orné du diadème?

ZACOBIN.

Ce n'étoit que pour rire.

LE ROI

Ah! quelle audace extrême!
Comment! m'oser trahir par telles actions?

ZACOBIN.

On trahiroit son père en ces occasions.

LE ROI.

Et vous qui dans l'abord faisiez tant la farouche,
Vous que je destinois au plaisir de ma couche,
Vous n'auriez pas, je pense, appelé du secours?

LUCELLE.

Quel es-tu pour tenir de semblables discours?
Est-ce à toi de régler mon amour ou ma haine?
J'aime ce cavalier; n'en vaut-il pas la peine?
Qui peut en murmurer? Je suis reine, je croi.

LE ROI.

Pas tout-à-fait encor; mais pour moi je suis roi,
Et quand il me plaira vous deviendrez sujette.

LUCELLE.

Le joli roitelet!

LE ROI.

La plaisante reinette!

LUCELLE.

Oui, vous avez beau dire et vous mettre en courroux,
Je l'aime, et je prétends en faire mon époux.

LE ROI.

Elle est ensorcelée. Aimer cette figure!

ZACORIN.

Hélas! c'est malgré moi, sire, je vous assure;
Et je voudrois pouvoir vous donner mes attraits,
Pour que vous puissiez plaire autant que je lui plais.

LE ROI

Ah! vous lui plaisez donc, vieux masque de satyre?
Et vous avez encor le front de me le dire?
Nous allons voir cela. Madame, en ce moment
Renoncez pour jamais à cet indigne amant,
Ou bien il va périr.

LUCELLE.

Eh bien! à la bonne heure;

Je l'aimerai toujours.

ZACORIN.

Quoi! souffrir que je meure?

Haïssez-moi plutôt.

LUCELLE.

Ah! ne l'espérez pas;

Je prétends vous aimer au-delà du trépas.
Mourez, et soyez sûr...

ZACORIN.

Le diable vous emporte!

Je me passerai bien d'être aimé de la sorte.

LE ROI.

Holà! gardes.

ZACORIN.

Seigneur, on va vous obéir;

Je vais tout employer pour me faire haïr.
Je vais lui chanter pouille, et je me persuade
Que vous serez content : la laide, la maussade,
La vieille, la guenon!

LUCELLE.

Que ce transport m'est doux !
Il part, je le vois bien, d'un mouvement jaloux,
Et je t'en aime encor mille fois davantage.

ZACORIN.

Ce n'est pas un amour, parbleu ! c'est une rage.

LE ROI.

Puisqu'il n'avance rien, qu'on l'ôte de mes yeux.

LUCELLE.

Ah ! laissez-moi du moins recevoir ses adieux.

ZACORIN.

Morbleu ! retirez-vous. Seigneur, un mot, de grâce.

LE ROI.

Non, c'en est fait.

ZACORIN.

O ciel ! que faut-il que je fasse ?
Arrachons-lui la bague, il n'est que ce moyen.

SCÈNE V.

LE ROI, PHILANDRE, LUCELLE, ZACORIN.

PHILANDRE.

DANS l'état où je suis, non, je n'écoute rien ;
Sire, me retirant d'une prison affreuse,
Vous me rendez la vie encor plus malheureuse.
Je renonce à ma grâce, et je viens en ces lieux,
Puisque je perds Lucelle, expirer à vos yeux.

LE ROI.

Que diable celui-ci vient-il encor me dire ?
Tout ce qui te plaira, vis, meurs, respire, expire,
Crève, si tu le veux, je le trouverai bon ;
Mais, dis-moi, qui t'a pu tirer de ta prison ?

PHILANDRE.

C'est vous-même, seigneur.

LE ROI.

En voilà bien d'un autre !

PHILANDRE.

Je n'ai, pour en sortir, eu d'ordre que le vôtre.

LE ROI.

Tu te moques de moi, je n'y songeai jamais ;
Mais, puisque c'en est fait, sois sage désormais.

PHILANDRE.

Ah ! laissez-moi du moins m'adresser à Lucelle.
Après tant de serments, cœur volage, infidèle !

LUCELLE.

Que me demandez-vous ? que vous ai-je promis ?
Je veux perdre le jour, si jamais je vous vis.

PHILANDRE.

Dieux, quelle cruauté ! quoi ! la parjure oublie,
Qu'elle doit à mon bras son honneur et sa vie ?

LUCELLE.

Moi je ne vous dois rien ; c'est à ce cher amant,
Qui va pour moi mourir dans ce même moment.

ZACOBIN.

Ah ! la maudite bague !

LUCELLE.

En un mot, je l'adore,
Ce charmant cavalier.

PHILANDRE.

O ciel ! qu'entends-je encore ?
Lucelle perd l'esprit, il n'en faut plus douter.
Tantôt à ses chagrins se laissant emporter,
Ses sens se sont troublés ; ma prison en est cause.

ZACORIN.

Seigneur, permettez-moi de vous dire la chose.

PHILANDRE.

Je ne veux rien entendre, et dans un tel malheur
Je veux m'abandonner à toute ma douleur.

(*Au roi.*)

C'est vous, cruel.

LE ROI.

                    Comment! quel est donc ce langage?
Je joue ici, me semble, un plaisant personnage.
Quoi! traiter de la sorte un amant couronné,
Qui de mille vertus se trouve assaisonné?

ZACORIN.

Il faut finir ce trouble. Enfin, belle Lucelle,
Vous vous obstinez donc à demeurer fidèle?
Eh bien! il faut mourir; mais avant ce moment,
Ne me refusez pas du moins ce diamant :
Il me rappellera votre charmante idée
Jusqu'au dernier soupir.

LUCELLE.

                    J'en suis persuadée.
Cher amant, le voilà.

(*Lui donnant le diamant.*)

LE ROI.

                    Que veut dire ceci?
Comment? mon diamant?

ZACORIN, *rendant le diamant au roi*

                    Ah! sire, le voici.
Je respire, et n'ai plus à craindre pour ma vie.
Le roi va, dieu merci, rentrer dans sa folie.

LUCELLE, *dans son bon sens.*

Que vois-je ? quel objet se vient offrir à moi ?
Philandre, cher Philandre, est-ce vous que je vois ?
Hélas ! d'où sortez-vous, et d'où viens-je moi-même ?

PHILANDRE.

Elle me reconnoît. Ah ! ma joie est extrême !
Lucelle en son bon sens, quel heureux changement !
Qui pouvoit lui causer ce triste égarement ?

ZACORIN.

La bague qu'à l'instant le roi vient de reprendre ;
Mais ce sont des secrets qu'on saura vous apprendre.

PHILANDRE.

Quoi ! ne puis-je savoir en peu de mots ?...

ZACORIN.

Eh bien !

C'est un tour qu'a joué notre magicien.

LE ROI, *dans sa folie.*

Où suis-je ? quels transports ! c'est l'enfer qui m'appelle ;
Non, c'est la jalousie. Eh bien ! que me veut-elle ?
Me voilà. Quels démons, par leur brûlante ardeur,
Me dévorent ?... Je sens tout l'enfer dans mon cœur.

PHILANDRE.

Allons trouver Alquif, il saura nous instruire
Comment dans tout ceci nous devons nous conduire.
Toi, reste, Zacorin, pour observer le roi.
Dans un moment d'ici nous revenons à toi.

SCÈNE VI.

LE ROI, ZACORIN.

LE ROI, *dans sa folie.*

Oui, le sceptre me pèse, il faut que je le quitte ;
Il traine trop de soins, trop d'ennuis à sa suite.
Oui, je le quitterai, tous vos efforts sont vains ;
Mais je le veux du moins remettre en bonnes mains,
Choisir pour successeur un prince débonnaire,
Sage, bien fait, prudent. Ah ! voici mon affaire.

SCÈNE VII.

LE ROI, ZACORIN, GUILLOT.

LE ROI, *à Guillot.*

Seigneur, montez au trône, et commandez ici.

GUILLOT.

Connoissez-vous Guillot, pour lui parler ainsi ?

ZACORIN.

Je ne m'attendois pas à ce trait de folie :
Mais il faut l'appuyer.

LE ROI.

       Allons donc, je vous prie,
Régnez, je vous remets mon trône et mes États

GUILLOT.

Vous vous gaussez de moi, je ne les prendrai pas.

ZACORIN.

Quoi ! tu peux refuser l'offre d'une couronne ?

GUILLOT.

C'est pour se goberger, morgué, qu'il me la donne.

ZACORIN.

Non vraiment, c'est le sort qui décide pour toi.
Chacun dans ce pays à son tour devient roi,
Voilà ton tour venu.

GUILLOT.

         Ça pourroit-il bien être ?
Mais dès demain possible on va m'envoyer paître.

ZACORIN.

Et quand cela seroit, que t'importe, innocent?
Il est beau de régner, ne fût-ce qu'un instant.

GUILLOT.

Morgué ce trône est haut, et j'en crains fort la chute:
Ne me faites pas faire au moins la culebute.

ZACORIN.

Votre seule vertu vous y fait parvenir,
Et nous mettrons nos soins à vous y maintenir.

LE ROI, *ôtant sa couronne.*

Cette couronne est due à votre auguste tête.

GUILLOT.

Ah! mon auguste tête est, sire, toute prête.
Morgué, boutez dessus.

LE ROI.

         Prenez ce sceptre en main.

GUILLOT.

Fort bien, me voilà donc à présent souverain?

ZACORIN, *ôtant le manteau du roi.*

Quand ce manteau royal sera sur vos épaules,

GUILLOT.

Cette cérémonie est morgué des plus drôles;
Jamais si plaisamment je ne fus habillé.
A quel jeu jouons-nous?

ZACORIS.

C'est au roi dépouillé.

LE ROI.

Que parlez-vous de jeu ? vous croyez qu'on se raille ?
Montez, montez au trône.

GUILLOT, *montant sur le trône.*

Allons, vaille que vaille.

ZACORIS.

Ce monarque est bien fou, mais je trouve aujourd'hui
Que le pauvre Guillot est aussi fou que lui.

LE ROI.

Votre nom ?

GUILLOT.

C'est Guillot ! sire, à votre service !

LE ROI.

Que de ce nom fameux Cocagne retentisse,
Et qu'au son de la trompe on entende crier :
Vive le roi Guillot ! vive Guillot premier !

GUILLOT, *sur le trône.*

Vous souhaitez qu'il vive, eh bien ! à la bonne heure.
Et moi je tâcherai d'empêcher qu'il ne meure
Morgué, que de plaisir ! te voilà roi, Guillot,
Tu vas boire parguenne en tirelarigot ;
Tu dormiras trois jours si tu veux tout de suite,
Personne n'aura rien à voir à ta conduite ;
Drès que tu parleras, comme t'as de l'esprit,
Tout chacun s'écrira, morgué que c'est bien dit !
Droits comme des piquets, campés dans ton passage,
Les courtisans flatteux viendront te rendre hommage.
Les beautés de la cour s'en vont être à ton choix.
Tu n'auras qu'à chifler et remuer les doigts ,

Tretoutes s'en viendront sans faire les rétives...
Morguenne, que les rois ont de prérogatives !

SCÈNE VIII.

LE ROI, RIPAILLE, ZACORIN, GUILLOT.

RIPAILLE.

Seigneur, que m'apprend-on, et qu'est-ce que je voi ?
Vous voulez nous donner un paysan pour roi ?
D'un si bizarre choix que pouvez-vous attendre ?

GUILLOT.

Gardes, qu'on le saisisse, et qu'on me l'aille pendre !

ZACORIN.

Marchez.

RIPAILLE.

Comment ?

GUILLOT.

Oh dame ! on m'obéit ici.
Ce ne sont pas des jeux d'enfants que tout ceci ;
Apprenez qu'à présent je suis votre monarque.

LE ROI.

Sire, à votre pouvoir il manquoit cette marque.
Tenez, vous, mettez-lui ce diamant au doigt.

RIPAILLE.

Non, non, ne croyez pas que jamais cela soit.
Je garde cette bague, et ma main ne la donne
Qu'au prince à qui l'État remettra la couronne.

LE ROI, *dans son bon sens.*

Dites-moi, dans ces lieux qui vous assemble tous ?
Quel dessein est le vôtre ? et que demandez-vous ?
On ne me répond point, il semble que l'on craigne.
Que fais-tu là, maraud, sur mon trône ?

GUILLOT.

Je règne.

LE ROI.

Tu règnes, et sur qui ?

GUILLOT.

Sur les Cocagniens,
Autrefois vos sujets, et maintenant les miens.

LE ROI.

Que tout ce que je vois m'étourdit et m'étonne !
Quoi ! mon manteau royal, mon sceptre, ma couronne ?
Ripaille, vous plaît-il de m'éclaircir ceci ?

RIPAILLE.

Apparemment, seigneur, cela vous plaît ainsi.

LE ROI.

Ils ont perdu l'esprit. Approchez-vous, Bombance.

SCÈNE IX.

LE ROI, BOMBANCE, RIPAILLE, ZACORIN, GUILLOT.

BOMBANCE.

Mon roi, dans cet état que faut-il que je pense ?
Un autre revêtu du souverain pouvoir !

LE ROI.

Ma foi, je le demande, et ne le puis savoir.

GUILLOT.

Paix-là, messieurs, paix-là, s'il vous plaît, qu'on se taise,
Et qu'on me laisse ici régner tout à mon aise.

BOMBANCE.

Je vois qu'ici chacun extravague à son tour,
C'est un sort que l'on a jeté sur votre cour.

23.

LE ROI

Comment un sort?

RIPAILLE.

       Seigneur, permettez-moi de dire
Que vous m'avez paru deux fois dans le délire,
Et que tantôt Lucelle, à tous vos courtisans,
A tenu des discours dépourvus de bon sens.

BOMBANCE.

Il faut approfondir... Au diable la musique!
       (*On entend des violons.*)
C'est bien prendre son temps, quand un pouvoir magique..

GUILLOT, *se réveillant en sursaut, tombe du trône en*
bas, et les renverse tous.

Place, place, voilà le roi qui va passer.

LE ROI.

Peste soit du lourdaud qui me vient fracasser!
Je crois que j'en serai du moins pour une côte.

GUILLOT.

Je suis un roi de poids, mais ce n'est pas ma faute;
Ces maudits violons m'ont réveillé d'abord:
Je suis fâché pourtant d'être tombé si fort.

BOMBANCE.

Qui pourra nous tirer de ce désordre extrême,
Et donner un remède à tout ceci?

SCÈNE X.

LE ROI, BOMBANCE, RIPAILLE, ALQUIF, PHILANDRE, ZACORIN, GUILLOT.

ALQUIF.

       MOI-MÊME;
Mais il faut que le roi renonce à son amour,
Ou vous deviendrez tous insensés dans ce jour.

BOMBANCE.

Sire, il faut étouffer votre ardeur pour Lucelle.

LE ROI.

Bon, il n'en reste pas dans mon cœur étincelle ;
Mais que fait mon amour, s'il vous plaît, à ceci ?

ALQUIF.

Seigneur, vous en serez dans l'instant éclairci.
Un génie amoureux de la belle Lucelle
Est devenu jaloux de votre amour pour elle,
Et par un trait malin s'en est voulu venger,
Appliquant tous ses soins à vous faire enrager.

LE ROI.

Mais parbleu ce génie a bien peu de cervelle !
Que ne s'en prenoit-il à l'amant de Lucelle ?
Mais à vous, qui vous a révélé tout cela ?

ALQUIF.

Les enfers.

LE ROI.

Les enfers ! C'est comme à l'Opéra.

BOMBANCE.

Vous connoissez quelqu'un dans ce pays, sans doute ?

ALQUIF.

Oh ! ce sont des secrets où vous ne voyez goutte.
Il suffit que je veux être de vos amis :
Qu'en son premier état ici tout soit remis,
Que l'on n'y parle plus que de réjouissance :
Reprenez votre bague avec votre puissance,
Mais pour en mieux user ; et que ces deux amants
Trouvent dans votre cour la fin de leurs tourments.

RIPAILLE.

Et cette bague-ci ?

ALQUIF.

C'est un autre mystère;
Nous prendrons notre temps pour vous conter l'affaire.
(*Ici on ôte à Guillot ses ornements royaux pour les
remettre au roi.*)

GUILLOT.

Mais je veux régner, moi.

ALQUIF.

Tu seras plus heureux
En vivant avec nous en bourgeois de ces lieux.

LE ROI.

Vous y pourez tous vivre à votre fantaisie,
Heureux de n'avoir plus amour ni jalousie,
Je fais tout mon plaisir d'unir ces deux amants :
Que tout s'accorde ici pour leurs contentements.

ZACORIN.

C'est bien parler cela, ce doux retour me gagne.
Eh! vive le pays et le ROI DE COCAGNE!

DIVERTISSEMENT.

Plusieurs habitants de Cocagne et plusieurs étrangers de diverses nations arrivent en dansant.

UN COCAGNIEN ET UNE COCAGNIENNE.

QUE chacun ici s'avance
Pour goûter mille plaisirs.
Dans la joie et l'abondance,
Tout comble ici nos désirs ;
Que chacun ici s'avance
Pour goûter mille plaisirs.
Le jour fini recommence
Dans d'agréables loisirs ;
Que chacun ici s'avance
Pour goûter mille plaisirs.
Que l'on chante, que l'on danse ;
Loin de nous pleurs et soupirs.
Que chacun ici s'avance
Pour goûter mille plaisirs.

ENTRÉE DE COCAGNIENS ET DE COCAGNIENNES.

UN COCAGNIEN.

Ici tout s'empresse à nous plaire,
Les ris, les amours,
Le vin, la bonne chère
Y règnent toujours.
La santé fait notre richesse,
Le plaisir prévient nos souhaits,
L'aimable jeunesse
Y renaît sans cesse,

Soucis et regrets
N'y naissent jamais.

ENTRÉE DES ÉTRANGERS.

Vaudeville.

UNE ÉTRANGÈRE.

Dès long-temps nous sommes en voyage,
Sans en voir finir le cours.
Nous cherchons partout un peuple sage,
Pour y passer d'heureux jours.
Faut-il aller en Asie, en Afrique?
Eh lon lan là
Ce n'est pas là
Qu'on trouve cela,
Non pas même à l'Amérique.

UN ÉTRANGER.

Où trouver de la délicatesse?
Où sert-on sans intérêts?
Où boit-on sans tomber dans l'ivresse?
Où ne fait-on point d'excès?
Seroit-ce en Suisse ou bien en Allemagne?
Eh lon lan là,
Ce n'est pas là
Qu'on trouve cela,
C'est au pays de Cocagne.

UNE ÉTRANGÈRE.

Où l'époux est-il sans défiance,
Et le sexe en liberté?
Où n'a-t-on nul désir de vengeance?
Où dit-on la vérité?
Faut-il courir l'Italie ou l'Espagne?

Eh lon lan là,
Ce n'est pas là
Qu'on trouve cela,
C'est au pays de Cocagne.

UN ÉTRANGER.

Où voit-on des beautés naturelles,
Dont le teint soit sans apprêts?
Où trouver des maîtresses fidèles,
Et des amoureux discrets?
Vers les François battrons-nous la campagne?
Eh lon lan là,
Ce n'est pas là
Qu'on trouve cela,
C'est au pays de Cocagne.

FORTUNATE.

Où trouver des filles innocentes,
Sans finesse et sans détour?
A quel âge en voit-on d'ignorantes
Au mystère de l'amour?
Est-ce à quinze ans pour ne s'y pas méprendre?
Eh lon lan là,
Ce n'est pas là
Qu'on trouve cela.
A notre âge il les faut prendre.

FÉLICINE.

Jeunes cœurs. d'aimer tout vous convie
A la fleur de vos beaux ans;
Où trouver les plaisirs de la vie,
Si ce n'es' dans le printemps?
Après l'automne en vain on les souhaite,
Eh lon lan là,
Ce n'est pas là

Qu'on trouve cela.
Déjà la vendange est faite.

ZACONIN.

Où trouver des connoisseurs habiles,
Qui puissent juger de tout?
Où trouver des critiques tranquilles,
Indulgents et de bon goût?
Est-ce sur mer ou bien en terre ferme?
Eh lon lan là,
Ce n'est pas là
Qu'on trouve cela.
Le parterre les renferme.

FIN DU ROI DE COCAGNE.

TABLE
DES PIÈCES
CONTENUES DANS CE VOLUME.

FIN DE LA TABLE DU QUATRIÈME VOLUME.